# 九月樱花馆

SEPTEMBER
SAKURA
APARTMENT

## 夜光少女季

THE SEASONS OF MOONLIGHT GIRLS

猫小白 著

天津出版传媒集团
天津人民出版社

图书在版编目（CIP）数据

　　九月樱花馆·夜光少女季 / 猫小白著. -- 天津 ：
天津人民出版社，2017.3（2020.3重印）
　　ISBN 978-7-201-11422-4-01

　　Ⅰ．①九… Ⅱ．①猫… Ⅲ．①中篇小说－中国－当代
Ⅳ．①I247.5

　　中国版本图书馆CIP数据核字(2017)第030330号

## 九月樱花馆·夜光少女季

JIUYUE YINGHUA GUAN · YEGUANG SHAONÜ JI
猫小白 著

| | | |
|---|---|---|
| 出　　版 | 天津人民出版社 | |
| 出 版 人 | 黄　沛 | |
| 地　　址 | 天津市和平区西康路35号康岳大厦 | |
| 邮政编码 | 300051 | |
| 邮购电话 | （022）23332469 | |
| 网　　址 | http://www.tjrmcbs.com | |
| 电子信箱 | reader@tjrmcbs.com | |

| | | |
|---|---|---|
| 责任编辑 | 玮丽斯 | |
| 特约编辑 | 梁　甜 | |
| 装帧设计 | 胡万莲 | |
| 责任校对 | 曾乐文 | |

| | | |
|---|---|---|
| 制版印刷 | 三河市华东印刷有限公司印刷 | |
| 经　　销 | 新华书店 | |
| 开　　本 | 660毫米×960毫米　1/16 | |
| 印　　张 | 16 | |
| 字　　数 | 168千字 | |
| 版权印次 | 2017年3月第1版　2020年3月第2次印刷 | |
| 定　　价 | 42.80元 | |

# CONTENTS
# 目录

# C O N T E N T S
# 目录

PROLOGUE

楔子

九月樱花馆·
SEPTEMBER
SAKURA
APARTMENT
夜光少女季
THE SEASONS OF MOONLIGHT GIRLS

C市机场。

七月份的天气格外炎热。炫目的阳光下，知了有气无力地拖长声音叫着，连路边笔直高大的法国梧桐都像是被晒蔫了一样，绿油油的枝叶勉强撑起一片小小的绿荫。

蓝小千拉着粉红色的行李箱，茫然地环视着四周，试图在刺眼的光线里辨认那个熟悉的娇小身影……秦琪这家伙，说好会来机场接她，人呢？

"嘀嘀"的声音传来，她掏出手机，打开微信，立刻跳出一条语音信息，一个清脆的女声传了过来。

"小千，我有突发状况不能来接你了，我要去抓一个人！抱歉，你自己打车过来吧，我会给你报销车费的！"

接着，对方发过来一长串地址和开锁密码，随后就再也没有了声息。

"这个秦琪！"蓝小千的肩膀瞬间垮了下来。她深深叹了口气，取下背上的双肩包，开始往外掏遮阳伞和墨镜。

抓人？小琪是改行去当警察了吗？

"咻——"

正胡思乱想间，一道黑影从她面前掠过，忽然，她手上一轻——双肩包被人抢走了！

蓝小千赶紧拔腿就追："来人啊！抢劫！有人抢包了！"

钱包和证件也就算了，她新买的微型摄像机怎么办？这可是自己用来"工作"的东西！

抢劫犯是个年轻男人，穿着一身黑色运动装，脸上还戴着口罩。黑衣男跑得很快，眼看着就要转过路口了！

"救命啊！抢劫！"

蓝小千大吼着，手上还拖着装满衣服的行李箱。

旁边的路人一脸好奇地看过来，可一点儿要帮忙的意思都没有。

搞什么！世风日下啊！

正当蓝小千以为自己追不上了，大口喘着气跑到路口的时候，黑衣人不知道为什么又转了回来，正好迎面撞上她。

原来他慌不择路间，居然跑进了死胡同。

"把我的包还给我！"蓝小千重新燃起了希望，一把抓住双肩包的背带，"不然我就报警了！"

"滚开！"

她的个子矮矮的，只有一米五多一点儿，抢劫犯根本不想理睬这个小个子女生，用力地往回拽了几下，发现她的力气还不小。

"快点儿松开！"他不耐烦地吼了一声，恐吓地挥了挥拳头，说道，"想挨打吗？"

"你……你别乱来啊！"

九月樱花馆·
SEPTEMBER
SAKURA
APARTMENT
夜光少女季
THE SEASONS OF MOONLIGHT GIRLS

确定自己打不过他，蓝小千紧张地松了松手，可是想着刚买的新款摄影机，又不甘心。

"钱你拿走，但是能不能把包里的东西还给我？我有急用的……"

黑衣男彻底不耐烦了，从没见过抢劫还要讨价还价的。他翻了个白眼，正打算拎起包就走，却忽然听到从蓝小千的身后传来一声轻笑。

"谁？"

居然还有人围观抢劫？

一个颀长的身影从阴影中走了出来。这是一个长得十分俊朗的少年，看起来只有十八九岁的年纪，穿着简单的白T恤和牛仔裤，却浑身散发着格外引人注目的优雅魅力。轻风吹过，少年精致的脸庞显露在阳光下。他拥有一头茶色的短发，温柔的眼睛在阳光下反射出美丽的光，鼻梁格外高挺。这似乎是个混血帅哥。

美少年缓缓地走到蓝小千身边，唇角挑出一抹微笑："总算找到你了，恐吓女生，滥用暴力，可不是绅士应该做的事。"

"让开！"黑衣男从口袋里抽出一根折叠军棍，恼火地喊道，"不然别怪我对你们两个不客气！"虽然这里还算偏僻，可再不赶紧离开，说不定待会儿警察就来了。

"啊，他有武器！"蓝小千担心地拉了拉少年的衣摆。

虽然少年有着一米八几的个头，但看着他比明星还要精致的脸庞，她不由得担心如果真的打起来，他会不会受伤。

少年扭头朝她笑了笑，轻声安抚："别担心……"

话还没说完，黑衣男就挥舞着手里的军棍扑了过来。

"小心！"蓝小千爆发出一声尖叫。

不过，原本漫不经心的美少年，忽然头微微一偏，巧妙而轻松地躲了过去。说时迟那时快，他伸出修长的腿，狠狠在黑衣男的腿上踹了一脚，对方就"砰"的一声栽倒在地，手里的双肩包也甩了出去。

"哇！"蓝小千瞪圆了眼睛。

这个少年看起来比自己也大不了多少吧，居然这么轻松地就制服了一个劫匪？

"太好了！"她欢呼一声，从地上捡起自己的包，刚想转身向美少年道谢，却见他伸手提起了黑衣男的衣领，一把扯下他的口罩。

"现在，你该把我的东西还给我了吧？"

"什……什么东西？我不知道你在说什么！"黑衣男憋红了脸，结结巴巴地吼道。

他偷偷地扬起手里的棍子，想要偷袭，美少年一个优雅的反擒拿手，就把武器夺了下来。

"不要乱动。"他微微挑起唇角，笑得越发优雅。

黑衣男完全不敢动弹，眼睁睁地看着对方从自己的贴身口袋里摸出一个钱包。

"早点交出来不就好了。"美少年蹙眉抱怨，"我也不想多管闲事的，可现在不报警不行了。"

说完，他就直接一个肘击，把黑衣男撞翻在地，然后用力踩住对方的

手，掏出了口袋里的电话开始拨号。

"喂，110吗……"

看到这个情景，蓝小千下意识地后退了一步。他刚刚说不想管闲事，其实是说自己吧……说到底，自己居然只是顺带的！

等他挂完电话，她犹豫着走上前："今天谢谢你……"

"你居然还没走？"美少年诧异地打断了蓝小千，"这个人我会送去警察局，你一个女生，还是别在这种阴暗的地方待着了，万一再被人盯上了怎么办？"

"哦。"蓝小千讪讪地回应了一句，拎着包走开了。

世界上怎么会有这种人！

虽然他救了她，她却一点儿也不想感谢他！

CHAPTER

01

第一章

欢迎来到"科学即是正义"直播间

1

出租车上。

出租车司机一边开着车，一边用余光通过后视镜观察着坐在后面的女生。

她个子小小的，一张人见人爱的巴掌脸上神情茫然，一双大大的杏眼眼角微微下垂，好看的眉毛也微微蹙起，右眼角下还有一颗小小的泪痣，看起来心事重重，满腹愁绪。

"唉！"他摇摇头，叹了口气。

现在的孩子们负担可真重啊！就像后座这个小女生，皱着眉头发呆不说，还时不时地就叹一口气。小孩子就应该痛痛快快地玩，用得着这么思绪深沉吗？等回到家，他一定要把女儿的补习班取消！

蓝小千一点儿也不知道司机在默默地替自己担心，她想着刚刚发生的事，只觉得满头雾水。那个美少年看起来很有礼貌，可是为什么那么奇怪？

难道C市的男生都是这样的吗？

"嗡嗡……"

忽然，口袋里的手机连续嗡鸣起来，有人一口气给她发了好几条微信。

"宇宙无敌美少女，你打算什么时候开新的直播呀？"

"小千千，快点儿回答我呀！快点儿定好新直播的日期，不然粉丝都要炸锅了！"

"你已经一个月没有新的直播了，刚刚我去微博看了看，你好几个粉丝都取消关注了！"

看见编辑发过来的信息，蓝小千暂时把今天在机场的邂逅丢到了一边。

作为一名称职的科学小达人，头可断，血可流，微博粉丝不能掉！

她足足用心经营了这个微博两年，好不容易才拥有现在的十二万粉丝，而自己最讨厌的那个死对头"魔法少女"，现在也已经有十一万粉丝了，如果自己的粉丝继续掉下去，就要被"魔法少女"超过了！

去年，随着网络直播间的兴起，一个名叫"浣熊TV"的视频直播网站成为了大家最喜欢的娱乐平台。蓝小千也迫不及待地在"浣熊TV"上替自己申请了一个主播ID，名字叫"科学即是正义"。从那时候起，她就当起了一名专门戳穿骗局、探索传说中的魔法、揭露事实真相的主播！

因为她总是在晚上直播，所以也被大家称为"夜光少女"。

也不知道怎么回事，科技明明在进步，却还有很多人沉迷于可笑的魔法。也正是因为这样，同样进行网络直播，却总是宣扬魔法的"魔法少女"就成了蓝小千最大的对手。

就在她来C市之前，"魔法少女"大概是为了故意气她，特地用塔罗牌得出结论：蓝小千最近流年不利，可能会出很严重的意外，以后都没有办法继续进行直播了！

"搞笑！居然还真的有人相信她！"

看着一堆担心自己的评论，蓝小千气得猛击鼠标关掉"魔法少女"的微博界面，发了一条自己的微博。

"亲爱的大家，今天我终于到了期待已久的C市，新的直播很快就要开始了！请擦亮眼睛期待吧！"

呸呸呸……什么流年不利！这么幼稚的挑衅，她才不会在意！

发完微博才过了一分钟，蓝小千的手机又疯狂振动起来。

编辑大人愤怒地发来质问："蓝小千！我看见你刚发的微博了！别给我装死，三天之内，你要是再不出新的直播，我就要亲自飞过去抓你回来！"

蓝小千额头上沁出冷汗，无奈地赶紧给编辑打了个电话："知道啦，知道啦。这次我可是查了很多资料，才找到C市最有名的'雾之家'！等我准备一下，就马上开始探索之旅！"

好不容易搞定编辑，蓝小千也到了秦琪发来的地址。

城市郊外的樱花林中，一栋漂亮的小洋楼静静地屹立在那里，白色的栅栏光洁如新，看起来似乎刚刚修葺好。

说起来，她和小琪认识的原因也很奇特。因为她痛恨骗术，在查资料的过程中认识了立志成为科学家的秦琪。秦琪超级有趣，人也很好，虽然只认识了一个暑假，就成了她最好的朋友！不过在这之前，她们都只是在网上联络，互相交换照片和信息，还从来没在现实中见过。

不过今年的升学考试，她也报考了C市的圣樱学院，以后和秦琪就可以天天见面啦！

"终于到了，累死我了……"

蓝小千拖着行李箱，打开密码锁进了门。她好奇地看着纤尘不染的地面，感叹道："哇！小琪家好干净！"

她不是总会搞出很多乌龙事件吗？什么不小心爆掉水龙头啦，引燃了窗帘啦之类的，但这栋小洋楼看起来收拾得十分整洁。

蓝小千放下双肩包，控制不住自己的好奇心，轻轻地推开了其中一间卧室的门。

胡桃木小床摆放在卧室中央，铺着漂亮的粉色床单，蕾丝枕头旁，还躺着巨大的泰迪熊玩偶，毛茸茸的可爱极了。

阳光透过玻璃窗洒进来，窗台上两盆小小的植物舒展开叶子，厚厚的叶片像熊掌一样，可爱极了。

"不对劲啊……"蓝小千转了转眼珠，随手拉开衣柜和房间里的冰箱门看了看。果然，衣柜和冰箱都是空荡荡的。这分明就是在说，这里并没有人长期居住。

奇怪……秦琪明明说她家就是这里啊，为什么她不住在家里呢？

"算了，等她来再说吧。"

蓝小千转过身，正准备走出卧室，忽然，眼角的余光瞥见旁边的书桌上摆着一个相框。

照片上的秦琪笑得灿烂阳光，她身后站着三位男生。

"咦？"她猛地拿起相框，瞪大了眼睛。

站在最右边的那个男生，不就是之前在机场遇见的混血美少年吗？

照片里的少年眼睛深邃又迷人，脸上荡漾着温柔的笑容，比起之前跟她说话时，俊美的脸上多了一丝暖意，看起来和照片里其他几个人很熟悉。

秦琪身边的男生个子最高，拥有一张英俊如天使的面孔。不过他的气质十分清冷，乌黑的眉毛高高挑起。哪怕是隔着照片，蓝小千也能感受到压迫的气势。

而另一名美少年则可爱得多，他大概一米七几的个子，柔软的发尾微微卷曲，大大的眼睛，挺翘的鼻子，完美精致的五官带着一丝萌萌的感觉，让人只是看着他就忍不住露出笑容。

"圣樱学院的制服……"不知道为什么，蓝小千的心"怦怦"地跳了起来。

他们身上穿的衣服，她认识。

2

突然，密码锁发出一阵微弱的声音，大门被人打开，秦琪那清脆的声音也响了起来。

"小千，我来了！今天没有去机场接你，你不会生我的气吧？"

秦琪穿着清爽的蓝色牛仔裙，天然卷的长发披散在肩上，甜美中带着一点儿俏皮。她手上拎着个塑料袋，看见蓝小千从卧室里走出来，便朝她举了举："我买了鸡翅和汉堡，你饿不饿？"

蓝小千故意想吓吓她："一份好吃的就想收买我？今天我在机场差点被人抢劫！"

她伸出手，给秦琪看自己手上抢包时被划出的一道红痕："今天在机场突然冒出一个抢劫犯，抢了我的包就跑。你看，我追上去时，还差点受伤！"

"怎么回事！"秦琪果然吓了一跳，赶紧拉着蓝小千坐在沙发上，瞪着大眼睛仔细把她从头到脚看了好几遍，发现没什么大碍，这才松了口气。

"对不起啊……还不是我哥！今天我收到他的消息说回来了，结果我冲到高铁站抓人，却又是一场空。"她愤愤不平地说，"真是要被他气炸了！"

关于秦琪的哥哥舒桦，蓝小千已经听说过很多次了。原本秦琪以为他失踪了，急得要命地到处寻找，结果这家伙却悠闲自在地到处游山玩水，就是不肯回家，而且根本联系不上。如果不是他突然兴致来了会给妹妹发封电子邮件，秦琪恐怕现在都以为他遭遇了不测。难怪她现在每次提到他，都是一脸火大的样子。

秦琪关切地追问："最后怎么样了？难道抢劫犯老老实实地把东西还给你了？"

"当然没有！但是发生了一件很神奇的事……"说到这里，蓝小千重新走进卧室，把相框拿了过来，"小琪！你看，就是这个人救了我！"

"洛青銮？怎么回事？"秦琪惊讶地瞪大了眼睛。

蓝小千简短地复述了一遍机场发生的事。

秦琪听得一愣一愣的，最后她忍不住感慨："哇！你的运气真好。洛青銮在圣樱学院可是永远都保持着完美风度的优雅男生！不过，他平时绝对不会主动去帮别人，要不是黑衣男先偷了他的钱包，他才不会追过去……"

"是啊，他救我只是顺便而已。"蓝小千嘬了嘬嘴，拿起一个汉堡咬了一口，"不过就算是这样，他也还是救了我呀。而且他超厉害的，看起来那么绅士，身手却那么厉害！你说，我要不要请他吃个饭来表达谢意？"

"这……"秦琪欲言又止，漂亮的眉毛蹙了起来，似乎有些发愁，"但是以我对他的了解，洛青銮可能不会来吃饭。"

虽然和小千成了好朋友，但上个学期自己才住进九月樱花馆，而且知道了韩煜非、洛青銮和苏厥的秘密——他们都是一百年前的贵族少年，因为战乱，使用了自己的曾祖父发明的冷冻剂，直到最近才醒过来。

然而这个秘密，她谁也不能说。

洛青銮是学院万众瞩目的贵公子，她可不希望蓝小千和学院的其他女生一样，每天追着他跑。

要知道，那家伙虽然对谁都亲切温柔，可实际上内心比韩煜非还要冷漠。他无比怀念已经逝去的年代，根本无法真正融入这个世界。

"没关系啦！"蓝小千不懂秦琪的犹豫，快速地吃掉了手里的汉堡，又拿起一个鸡翅，"不来就不来呗，反正我也只是好奇而已。"

正说着，蓝小千的手机又响了起来。

她看了看，发现又是编辑在催她去"雾之家"录视频。想想自己给"魔法少女"下的战书，蓝小千毫不犹豫地回复道："今天就重启直播，超级有名的'雾之家'探索揭秘之旅，晚上七点准时开始！"

"今天就去？"秦琪担忧地看着蓝小千，"你不要先休息一天吗？"

蓝小千揉揉眼睛，露出一个可爱的笑容："别担心，我可是经验丰富的夜光少女！难不倒我的。"

"可是，'雾之家'在郊区，会不会不安全啊……"

和她的轻松比起来，秦琪格外担心。她看着蓝小千带着一丝稚气的脸庞，心中的愧疚忍不住发酵。如果自己今天去机场接了小千，说不定就不会害她被抢劫了。说什么今天晚上也不能让她一个人出门，要知道，小千可是

第一次来C市！万一真出了什么事，自己一定会悔恨一辈子的！

想到这里，秦琪脱口而出："我陪你去！"

"你陪我去？"蓝小千喷出一大口可乐，忍不住哈哈大笑，"哈哈哈！小琪，你行不行啊？虽然知道你崇尚科学，但我可从没见过你这么怕黑的女生。万一直播中你被吓晕了，可是在好几万观众面前丢脸！"

看着秦琪担心的神色，蓝小千心里暖暖的。她挠挠后脑勺，做了个鬼脸："别担心啦，我蓝小千可不是普通人，去过的鬼屋加起来可以组成一座小区！比'雾之家'更吓人的我都去过。不就是有女鬼和惨叫吗？"

她不说还好，这么一说，秦琪的脸色更差劲了。

"还有惨叫……不，我一定要陪你去！反正那些都是假的，说不定我陪你去一次，以后就再也不怕黑了。"

看着秦琪那张圆圆的脸上一副破釜沉舟的神情，蓝小千"扑哧"一下笑出声来："好好好！一起去！那吃完东西我们就出发吧？"

秦琪僵硬地点了点头，好像要上战场一样。

蓝小千快要笑到肚子疼……秦琪太可爱了！


3


吃完东西，已经是下午三点了。金色的阳光洒在地板上，投下一个个圆圆的光圈。

蓝小千换上专业的速干户外运动服，长发扎成清爽的马尾，背起装满装备的双肩包，就带着秦琪一起出发了。

"雾之家"是一座荒废的小别墅，只有两层楼高。它坐落在风景宜人的东明湖畔，原本并没有什么人注意它，不过，从三年前开始，经常有人会看见别墅里面有穿着白色婚纱的女人出没，还时不时会听见里面传来令人毛骨悚然的奇怪声音。

一时间，整个C市人心惶惶。本来东明湖算得上是一个踏春游玩的好去处，还有许多漂亮的小船出租供游人玩耍，但是现在已经没有游客会去了，湖上的小船也都被废弃，附近的居民区也都死气沉沉的。好多人因为受不了这种气氛而搬走。

提起东明湖，大家的第一反应就是，哦，那座闹鬼的别墅。

也正是因为这样，当蓝小千和秦琪到达湖畔的一座超市时，整个超市里一个顾客都没有，只有两名大婶在收银台边看电视剧。

"这里人好少啊……"秦琪惴惴不安地说道，"我也是第一次来这里！"

蓝小千鼓励地握了握她的手，从旁边的架子上拿了两瓶纯净水："别担心，等我揭开'雾之家'传闻的面纱后，这里就会重新恢复兴盛了！"

一个大婶听见蓝小千的话，皱了皱眉，开口斥责起来："瞎说什么呢？'雾之家'里面的女鬼可厉害了，上次有几个学生闲着没事，说要去里面练胆子，最后都吓得哭爹叫娘地跑出来了！"

"怎么可能？"蓝小千震惊了，"居然还有人进去过？"

照道理说，如果有人进去过这座所谓的"鬼屋"，那荒谬的传言就应该破除了才对啊！

另外一个大婶比较温和，劝告她们："你们可别不信，这可不是胡说，我亲眼看见过那个婚纱女人！"

她的声音压得低低的，还真有点儿吓人。

"就在二楼的窗口，窗帘被风吹得都飞起来了，里面有一个穿着婚纱的女人，头发全都披散在脸前面，整个人晃晃悠悠的……"

蓝小千转过头，看见秦琪吓得脸都白了，不由得心里一咯噔。

"别故意吓唬人，这个世界上根本就没有鬼！"蓝小千把矿泉水重重放在柜台上，"结账！我们才没有时间听你们讲鬼故事呢！"

大婶摇了摇头，一脸可惜地算账："二十二块五毛。"

感觉到秦琪抓着自己手臂的手变得冰凉，蓝小千迅速付了钱，就拉她走出了超市。这家伙居然这么胆小，待会儿会不会被吓坏啊？

"小琪……要不然你就别去了，我一个人没问题的！"

秦琪犹豫了一会儿，咬咬牙，坚定地摇头："我还是和你一起去……大不了到时候跟在你身后，捂着眼睛就好了！"

蓝小千也不放心起来。她没想到"雾之家"周围会这么荒凉。

这时，秦琪突然抬起头，大眼睛里光芒一闪："不介意的话，我们多叫几个朋友一起去吧？人多自然就不害怕了。"

"当然好啊！"蓝小千一点儿也没有迟疑地回答道。她抬起手腕看看卡通表上的时间："不过，现在已经六点半了，再不快点儿，就赶不上七点的直播啦！"

"是啊，你的网络直播间已经有很多人在等着看了！"秦琪拿出随身携带的平板电脑，登录上网看了一会儿，果然，网站上已经有很多观众都在等待了。

蓝小千抿了抿绯色的唇，下定决心："不能再拖了，我们先去雾之家看看情况，你的朋友来了以后，我们再正式去二楼探索！"

"嗯！"看着她坚定的眼神，秦琪也重重地点了点头。

"雾之家"就坐落在东明湖畔，毗邻附近一座无名的低矮小山。天色已晚，太阳渐渐落到了山背后，留下艳丽的晚霞，将大地上的一切都染红。单看景色，这里简直美极了。

"小琪你看，'雾之家'的落地窗正对着东明湖。如果不闹鬼，这里一定会开发成度假小区的。"

站在"雾之家"门口，蓝小千兴致勃勃地指指点点。

秦琪却一脸紧张地搂着她的手臂，根本没法赞同。

"雾之家"曾经是一座别墅没错，但听说，那都已经是十年前的事了，如今的"雾之家"，就是座鬼屋！

黑色的欧式田园栅栏已经坍塌，完全起不到遮挡的作用，她们只能在断

壁残垣中隐约窥见一点儿过去的美景。

这座巴洛克式的二层小楼虽然还保留着原来的精美雕刻，但几乎所有窗子上的玻璃都碎了，长长的窗帘已经变成烂布条，防盗铁门锈迹斑斑，原本应该是花园的地方长满了杂草，几棵大树的枝条都已经漆黑干枯，在盛夏的晚风中散发着绝望的气息。

"小千，你到底从哪里看出来这里适合度假的……"秦琪绝望地说，手心都沁出了冷汗。

"别怕，不就是一座破房子吗？待会儿你跟紧我。"蓝小千从双肩包里掏出自己特制的飞行员帽子，认真地戴在头上，又试验了两次帽子上的探照灯。

"好！没问题！"秦琪攥紧拳头，看着蓝小千，忍不住笑出声来，"你这个样子，还真不愧是'夜光少女'！"

说起来，这个飞行员帽上的探照灯，还是秦琪亲自设计的呢！不管是空中还是水里，都能够正常工作。而且电量能维持照明二十个小时，用在户外活动中实在是方便极了。

做好最后检查，蓝小千随口问："对了，你叫的朋友是男生还是女生啊？他们待会儿能找到路自己过来吗？"

秦琪苍白的脸恢复了一丝血色，她支支吾吾了好一会儿，才扭扭捏捏地说："是男生。不用担心，我开了定位搜索，他们能自己找过来的。"

奇怪……小琪怎么突然脸红了？

蓝小千狐疑地瞥了她一眼。

可是时间已经快到了，她来不及追问。

在六点五十五分的时候，蓝小千拿起了手机，打开摄像头，准备开始直播。

"主播出来了！"

"夜光少女，我爱你！最喜欢看你的节目了！"

……

虽然直播还没有正式开始，可是视频画面中早已挤满了观众，大家纷纷用字幕和蓝小千打招呼，让她感动极了。

要知道，之前为了准备升学考试，她已经四个月没有发过视频了，没想到大家一直在等待着自己。

她深吸一口气，露出灿烂的笑容："欢迎来到'科学即是正义'直播间！四个月不见了，大家还好吗？"


4


七点钟了。现在虽然是盛夏时节，但天空也慢慢地暗了下来。本来就很破旧的"雾之家"，在夕阳橙黄色的光芒下显得格外阴森诡异。

蓝小千调整了一下头顶的探照灯，一边介绍着，一边用手机拍摄别墅的

全景。

"这里就是C市郊外的'雾之家',也是今天我们要探索的地方!据说,这里已经荒芜了很多年。从三年前开始,就有目击者说,他在这里看到穿着婚纱的新娘,还听到了惊悚的呻吟声……"

虽然致力于破除迷信,宣扬科学,可是蓝小千之所以很受欢迎,就是因为她主持直播的风格很有趣。有时候,节目开头她会特意营造超级恐怖的气氛,这样一来,在最后真相揭露的时候,才会给观众留下深刻的印象。

"哇!好可怕啊!一看就很危险!"

"夜光少女,你要小心一点儿啊!"

大家纷纷留言关心蓝小千。

她绽放出一个甜美的笑容,朝身后的秦琪挥了挥手,一边举着手机,一边迈开腿朝废弃的别墅走近。

"这座漂亮的小楼已经快要变成废墟了。看这些黑洞洞的窗子,大门上厚厚的铁锈……是不是很可怕?"

说到这里,蓝小千给身后的秦琪隐蔽地打了个手势,示意她跟上,就稳稳地举着手机慢慢地朝里面走进去。

刚刚走进去,寂静的别墅里忽然响起"扑簌扑簌"的声响,一个小小的黑影从门前飞速掠过,把蓝小千也吓了一跳。

"啊啊啊!"

一声划破夜空的尖叫过后,蓝小千猛地一个趔趄,感觉自己被一个沉重的东西砸中了——秦琪一个激动，直接跳上了她的后背。

蓝小千被勒得差点翻白眼，一边要避免麦克风和耳机不被她拽掉，一边还要安抚吓破胆的秦琪："放松点……小琪，那只是一只蝙蝠而已……"

啊！自己身高才一米五多一点儿，哪背得起秦琪啊！再这么下去，待会儿两人一起摔倒怎么办？

看到蓝小千狼狈的样子，观众们被逗得哈哈大笑，纷纷调侃起她来——

"好搞笑啊！想不到夜光少女力气挺大嘛！"

"这个女生是谁？好有趣！就像小松鼠一样！"

……

过了好一会儿，秦琪才不好意思地从她背上下来，小声地说了一句"对不起"，就捂着脸走到了摄像头拍不到的地方。

蓝小千无奈地对观众解释："大家不要担心……这次我的好朋友也来了，刚刚门里飞出一只蝙蝠，好像把她吓到了……"

正说着，忽然，她觉得手臂一阵剧痛，转过头，发现秦琪满脸惊恐地半张着嘴，眼睛瞪得老大，拼命地掐着自己的胳膊。

"小琪，你干吗……"蓝小千一回头，正好看见窗前迅速地掠过两个黑影。

这次不光是秦琪，连她也想尖叫了！

那到底是什么？为什么速度那么快？

这个时候，天色已经完全暗了。全靠手机屏幕的光芒和飞行员帽上的探照灯，她们才能看清前面的路。黑漆漆的窗户就像是可怕的怪兽那张开的嘴巴，等待着两个少女送上门去，一切似乎充满危险。

"小……小千，不行，我怕黑……"旁边的秦琪颤抖得像患有帕金森综合征。

蓝小千顾不上多想，赶紧暂时中断直播，转过身打算安慰情绪失控的秦琪。

然而秦琪却正好慌乱地往后退，也不知道她踩到了什么，"哎哟"一声，一个趔趄，两个人一下子摔成了一团。

"砰！"

"啊！"

蓝小千重重地压在秦琪的身上，飞行员帽上的探照灯骨碌碌掉了下来。

"琪琪，你有没有伤到？"蓝小千慌忙爬起来，伸手就要扶秦琪，可回答她的却是一声痛苦的呻吟。

"等一下……"秦琪的脸色更白了，额头上也沁出了冷汗，"我的脚踝好像扭到了……"

"啊！那……那怎么办？"顿时，蓝小千也六神无主起来。

天啊！她还是第一次遇到这样的事，要不干脆今天放弃直播，把小琪送到医院去吧？

"小琪！"

正在这个时候，一双手扶住了秦琪的手臂。

蓝小千一愣，抬起头来，忽然发现不知道什么时候两个高大的身影无声无息地站在了她们身边。

"你们是谁？"她瞪大眼睛。

扶住秦琪的男生很眼熟，借着掉在地上的探照灯的灯光，蓝小千看到他英俊的脸上神情冷漠。

男生没有回答她的问题，径直把她从秦琪身边挤开，褪下秦琪的袜子，看到高高肿起的脚踝，目光中闪过一丝心疼。

"韩煜非，不用这样啦……"秦琪害羞地缩了缩肩膀，扭头看了看一脸好奇的蓝小千，声音更小了，"扶我站起来就好。"

韩煜非？

顿时，蓝小千想起来了。白天她看到的那张照片上，不就有这个男生吗？原来他的名字叫韩煜非啊！看起来，他和小琪关系很亲密嘛！

"说起来，刚刚看见的两个黑影就是你们吧？"她一拍后脑勺。

唉！搞了半天是认识的人，真是闹了个大乌龙！

"我送你去医院。"韩煜非将秦琪打横抱起，抬起头看了蓝小千一眼，眼神中带着毫不掩饰的敌意和冷漠，就连声音也是冷冰冰的。

"小琪……"蓝小千担忧地看着秦琪，内心剧烈地挣扎。

好担心啊……她还是跟去医院吧，直播就跟观众道个歉，改天再继续好了……

"等等！"秦琪拉了拉韩煜非的衣袖，从他的臂弯中探出头来，"小千，你还是继续直播吧。洛青銮，你替我陪小千去探索，好不好？"

洛青銮？

蓝小千"啊"的一声，赶紧扭过头。

韩煜非旁边站着的少年向前走了一步，温柔地"嗯"了一声。他拥有一张精致完美的俊秀面庞，光是站在那儿，就让人觉得如沐春风。

果然是他！早上救了自己的少年！

CHAPTER

# 02

# 第二章

拨开迷雾的真相

SEPTEMBER SAKURA APARTMENT
夜光少女季
THE SEASONS OF MOONLIGHT GIRLS

1

韩煜非把秦琪带走后，蓝小千鼓起勇气，重新向洛青銮道谢："今天在机场，多亏你帮我追回我的东西……谢谢……"

洛青銮顿了顿，目光不经意地上下打量了她几眼，露出恍然大悟的神情，挂上彬彬有礼的笑容，微微欠身："不用谢，能帮到这么可爱的小姐是我的荣幸。"

怪不得小琪说，洛青銮是圣樱学院的偶像。看这翩翩贵公子般的风姿气度，再加上混血帅哥般的精致面孔，还有动听如清泉淙淙的声音，恐怕没有任何女生能够拒绝这样的男生吧？

看着对方温柔的笑容，蓝小千觉得脸颊微微发烫，她还是第一次见到这样的男生呢！

洛青銮轻笑一声，指了指她的手机："现在已经七点半了，如果再不继续的话，我们就赶不上回市内的末班车了。"

"啊！"她这才恍然回过神来。

糟糕！无缘无故地中断了半个小时的直播，观众们一定都炸开锅了！

蓝小千手忙脚乱地重新打开手机直播间，直播间里的观众们不但没有抱怨主播突然消失，反而都在担心她的安危。

"不会是真的有鬼吧？"

"呸呸呸，看了这么多期直播，你怎么还相信世界上有鬼？"

"那主播怎么会突然消失了……"

"那栋房子那么破旧，会不会是突然一脚踩空了？"

"天啊，有没有也住在C市的朋友，去看一看主播到底怎么样了？"

……

看着屏幕上飞过的一行行字，蓝小千觉得心头暖融融的，她赶紧出声："大家不要担心了，刚刚只是出现了一点儿突发的小事故，现在已经没事啦！我们继续直播吧！'雾之家'坐落在风景优美的东明湖边……"

看着刚刚还羞涩别扭，下一秒就开始侃侃而谈，一边拍摄着眼前这座破房子的外景，一边介绍着这里的人文风景的蓝小千，洛青銮有点儿惊讶。

在机场遇见她时，他只觉得她是个呆呆的小迷糊，居然还和抢劫犯讨价还价。不过现在看起来，她也许和那些女生并不一样，特别是进入了自己的世界中，她简直浑身都在发着光。

蓝小千拍完别墅的外景，居然连一点儿犹豫也没有，就径自朝黑乎乎的大门走去。她脚下的马丁靴踩在破旧的木地板上，发出"咯吱咯吱"的响声。

洛青銮愣了愣，赶紧快走两步，跟了上去。

"雾之家"因为废弃了太久，所有的灯都已经不亮了，所有的光源只有

蓝小千头上的探照灯而已。

跟在她身后的洛青銮也只能隐隐约约看见一小片光亮和一个黑色的背影。怕影响到蓝小千直播，他也不敢和她靠得太近。因此，看见她勇敢地走上二楼楼梯，他也只能站在楼梯下面，抬起头张望。

"现在，我们就朝传说中闹鬼的二楼前进！传说中，只要是靠近'雾之家'的人，十有八九都看见二楼窗口有一个穿着婚纱的女人……"

蓝小千压低了声音，缓慢的语调配上她脚下"沙沙"的声响，气氛别提多恐怖了。

"啊！"

少女的尖叫声突然划破了郊区安静的夜空。

洛青銮猛地一怔，立刻反应过来刚刚发生了什么事——木质楼梯年久失修，蓝小千一脚踩空，不但自己跌落下来，还让整个楼梯都坍塌了一半。

"你没事吧？"他赶紧跑过去，把蓝小千从楼梯碎片中拉出来。

蓝小千艰难地爬出来，腿上传来一阵阵轻微的刺痛，估计是被划破了。不过，现在她顾不上担心腿上的伤口，直播中途当着所有观众的面从楼梯上掉了下去，而且被混血美少年看见自己出丑的样子……这两样，到底哪个更凄惨？

不过还好，就在刚刚摔倒的一瞬间，她及时中断了直播，要不然恐怕会在观众里造成恐慌。

见她没有回答，洛青銮忍不住再问了一次："你怎么样？有没有受伤？"

"没事啦……"她勉强扯出一个笑容,正准备挥挥手,却痛得微微吸气,"嗞——"

腿上有很多地方划伤了,手肘也火辣辣地疼。蓝小千环顾四周,这里到处积满了尘土,得马上消毒才行。

洛青銮及时扶住了她的手,声音依然温柔:"我们先去外面吧,你背包里有消毒的药品或者创可贴吗?"

"有。"蓝小千点了点头。

"雾之家"已经很久没有人居住了,年久失修发生意外是很正常的。而且蓝小千曾经勇闯过好几个"鬼屋",也不是第一次发生意外,所以,她总是在随身的包里装上一些绷带和药。

洛青銮体贴地拿起双肩包,扶着蓝小千走了出来。

现在天色已经全黑了,一轮弯弯的月亮悄悄爬上半空,洒下一地如水的光辉,照得他精致的五官更加俊美。

他手心的温热隔着卡其工装服传过来,蓝小千有点儿不好意思,低声说:"我自己能走……"

她被洛青銮扶着在院子里的大石头上坐下,他迅速地找到药品和纱布,蹲在了蓝小千的面前。

"我先帮你包扎,你忍一下。"

洛青銮不由分说稳稳地单膝跪地,把蓝小千受伤的那条腿抬起来搭在了自己的膝盖上,慢慢地用药水清洗着伤口上的灰尘。

天啊!

九月樱花馆·
SEPTEMBER
SAKURA
APARTMENT
夜光少女季
THE SEASONS OF MOONLIGHT GIRLS

蓝小千整张脸都涨红了，她不知所措地揪紧衣角……洛青銮的睫毛好长，仿若小扇子一般，皎洁的月光投在上面，把它们染成了漂亮的银色。

痛，痛，痛！

一阵刺痛唤回了走神的蓝小千，她努力抑制着把腿抽回来的冲动，从牙缝里挤出一句话："贴……贴个创可贴就行了……"

消毒药水擦伤口真的好痛啊！她虽然准备了这些，可平常受伤了，都是随便贴个创可贴，这些根本不会用的。

"不行。"没想到，看起来很好说话的洛青銮却一口拒绝，"不清理干净就贴创可贴，伤口会感染的，你再忍忍。"

"嗯……"

一瞬间，蓝小千的五官皱成了一团。

她愁眉苦脸地看着半跪在地的洛青銮……怎么感觉自己这个临时搭档好像很可怕？


2


处理好伤口，两人重整旗鼓，准备重新开始打开视频直播。不过因为刚刚蓝小千踩塌了楼梯，所以怎么去二楼成了横在他们面前的一个难题。

"不如我们爬窗进去吧？"洛青銮仰起头打量了一会儿别墅的构造，提议说。

"爬窗？"蓝小千迟疑地抬头看了看。

皎洁的月光下，藤蔓植物爬满了整个墙面，衬托得这幢小楼宛若神秘古堡。

以自己一米五三的个子，想要爬窗上去真的很难啊。可是，想想三番五次被中断的直播，她又咬咬牙："好，我们爬进去。"

"你先休息一下，我找找有什么可以借助的工具。"洛青銮站起身，开始寻觅起来。

荒废的院子里，光秃秃的秋千架上只剩下两根生锈的铁链，野草疯长的花园中摆着不知道什么年代的旧沙发，破破烂烂的，完全没法用了。

"怎么办啊……"蓝小千平生第一次恨起自己的身高来，纠结地在原地跺了跺脚，"如果爬不上去，我今天的直播就泡汤了。"

洛青銮沉默不语地站在一扇窗户前看了好久，最后说："我们从这里上去。上面应该就是客厅，传说中闹鬼的屋子就在左转第二间。"

"你怎么知道？"她不由得惊讶地问。

"上网查了'雾之家'的构造图。"他朝她扬了扬手机，温润如玉的脸庞上扬起一抹微笑。

顿时，蓝小千只觉得心脏漏跳了一拍。

"我们抓紧时间。"洛青銮活动了一下双臂，原地蹲下，扭头看着蓝小千，"上来。"

这是……

蓝小千一阵惊讶，过了好一会儿，她才突然明白过来——天啊！洛青銮

是要让自己踩着他的肩膀爬上去！

她简直想立刻掏出手机发朋友圈。这样体贴的男生，自己还是第一次见到！能够这样温柔有风度地对待女生，就算是内心有点儿冷漠，又怎么样呢？也不是每个人生来就是"自来熟"呀。

而且洛青銮的身高目测有一米八几，足够帮她爬上二层的窗子了。

不过蓝小千刚抬起脚，又停了下来，脸上露出为难的神色。

洛青銮奇怪地看了看她："怎么了？"

过了好一会儿，她才吞吞吐吐地说："这样行吗？我……我有点儿重……"她整天到处东奔西跑，还吃很多东西，身体结实着呢！

洛青銮"扑哧"一声笑了出来，却突然感觉肩膀上一重，差点一口气没喘上来……这丫头看上去个子小小的，还真不瘦啊！

蓝小千感觉脚下一阵摇晃，她慌忙拽住墙上郁郁葱葱的爬山虎："洛青銮，你行不行啊？要不然我还是下去吧……"

洛青銮猛咳了好几声，咬牙切齿地提醒道："我要站起来了！"

他从小在英国长大，即使沉睡了一百年，来到完全陌生的圣樱学院，也没有放弃过自己的绅士风度。大概也正因为这样，女生们在他面前都不敢高声说话，生怕被衬托得太粗鲁。

蓝小千倒好！不但孤身一人就敢来闯这阴森森的地方，居然还问自己行不行……怪不得之前被抢劫，她还尝试着跟对方讲道理。

洛青銮抓住她的脚踝，慢慢站直身子。

蓝小千微微弯着腰，目不转睛地看着二楼黑乎乎的窗口。

近了，更近了！

终于，她可以伸手够到窗框。顾不上窗台上落满了尘土，蓝小千用力地抓住窗棂，一只脚蹬住了墙壁。洛青鋈只觉得肩膀上一轻，她已经干脆利落地翻了进去。

"我成功了！"她欢呼一声，探出头来，朝下面的洛青鋈吐了吐舌头，"要不然你先在下面等等我？"

一个一米八几的大男生，自己可没有信心把他拉上来！

还没等反应过来，蓝小千就只感觉自己眼前闪过一道黑影，双肩包在空中划出一道弧线，被洛青鋈从窗外扔了进来，紧接着，她都没看清楚对方的动作，下一秒，他的手就已经撑住了窗台，敏捷而灵巧地翻上了二楼。

她不由得惊呼："你好厉害啊！幸亏你来了，不然我今天肯定完了！"

看着蓝小千灿烂的笑容，听着她毫不掩饰的夸奖，洛青鋈不由得愣住了。这和其他女生在他面前永远不变的淑女形象截然不同。

或许，和那些笑不露齿的笑容与文雅的赞美方式比起来，这样直接的方式才是他真正喜欢的。

他拍拍身上沾染的灰尘，回了她一个优雅的微笑。不过，这次笑意却深深地弥漫到了那双深邃的琥珀色瞳仁。

别墅的二楼也是一片漆黑。借着飞行员帽上的灯光，可以看到地上铺满了厚厚的灰尘。空荡荡的二楼客厅里，家具所剩无几，只有一些破败的桌

椅。墙上斑驳的痕迹，也让人浑身不舒服。

确认了一遍耳机和微型麦克风的连接情况后，蓝小千重新打开了手机视频网站。现在离刚刚切断直播已经过去了二十分钟，而观众也比之前少了好几百。接下来，就算是天塌下来，她也不能再次中断了。

"各位，实在是对不起，刚刚发生了一些意外！"深吸了一口气，蓝小千努力朝镜头露出灿烂的笑容，"不过，经过一番艰苦斗争，本主播已经艰难地爬上了二层！"

洛青銮半倚在窗边，双臂环胸欣赏着蓝小千活泼生动的讲解。从这个角度，手机摄影机的镜头拍不到他。

"现在，我已经身处'雾之家'别墅的第二层。传说中，这座'雾之家'有时候会在晚上发出诡异的声音，不知道这次我们究竟能不能掀起迷雾的面纱？"

蓝小千神秘兮兮地举起手机自拍杆，朝外面走去。她现在已经非常熟练了，拍出来的镜头一点儿也不抖。

"前面就是传说中的房间了！现在整个二层都黑黢黢的，除了我的说话声之外，安静得……"

蓝小千还没讲解完，突然，不知道从哪个角落传出了一声微弱的低鸣，仿若女人的哭泣！

"呜……呜呜……"

居然真的有怪声！

蓝小千一下子就停住了脚步，只觉得浑身的汗毛都竖了起来。如果不是胆子大，恐怕手里的自拍杆都拿不稳了。

网络上的观众们都听见了这声悲鸣，全都在纷纷发表言论。一眼看过去，满屏幕都是惊叹号。

"你们听见了吗？好像有人在喊什么……"

"前面的耳朵不好用，明显是在喊'我痛'！"

"天啊，不会真的是有鬼吧？主播还活着吗？快说话呀！"

"嘤嘤嘤，吓死我了！"

……

顾不上去查看乱成一团的弹幕消息，蓝小千觉得自己的心脏仿佛瞬间被放入了冷冻室，整个人都呆在了原地。

她一直相信科学，坚持这个世界上不可能有什么灵异事件，但那个声音是什么？


3


在听到奇怪声音的第一秒，洛青銮就站直了身子。他蹙起眉头看着蓝小千的背影。原本他以为这只是小女生们的娱乐而已，没想到，居然还真有怪声。现在这样，恐怕摆明了有问题。

"我……我们继续！"

他正要开口询问，蓝小千却抢先掉转了镜头对准了自己，声音虽然隐隐

约约透着一丝颤抖，但还是俏皮地安抚着观众们。

"哇！看来，我们很快就能发现真相了！这么一想，我还真有点儿兴奋呢！"

洛青銮有点儿好奇。自己离得这么近，自然能看出来，蓝小千其实害怕极了，在手机拍不到的地方，她的双腿可是在瑟瑟发抖。

说起来，她到底为什么要这么拼命？

他也看过各种各样的网络直播，可是像蓝小千这样呆呆的女生，该不会是为了虚荣心才这么拼命的吧？

他发呆的空当，蓝小千已经走出客厅，径直朝"鬼屋"进发。

洛青銮特意落后几步才跟着走出楼梯间，还没等他转过弯，却忽然听见了一声尖叫。

"啊啊啊！"

这个声音……

是蓝小千！

洛青銮几步跨过去，发现本来只是开了一条缝隙的门慢慢地敞开，如瀑布一样长及脚踝的黑发顿时飘了出来，惨白的婚纱一开始只是露出一个角，现在却慢慢地露了出来……

"嘎吱……"

这个情景仿佛……仿佛里面的"鬼新娘"正在慢慢地飘出来！

虽然明知道自己在直播，但这次蓝小千真的压制不住恐惧的本能了。

难道真的有鬼？

大门渐渐地打开，趁着月光，她可以看到窗边真的站着一个穿婚纱的女人。她背对着自己！

蓝小千下意识地握着手机，忍不住往后退了几步。她看到"鬼新娘"那些破旧的婚纱裙摆高高扬起，黑色的长发随着狂风乱舞，虽然完全看不到她的脸，可是这样更让人害怕。

"咯吱咯吱……"

蓝小千再也没法控制住自己，牙齿因为紧张而打起了架，她感觉自己的腿都软了。

忽然，一股温暖的力量抓住了她的手。

"别怕，我过去看看。"

是洛青銮！

蓝小千回过头，正对上一张俊美的脸。

洛青銮朝她安抚地笑笑，完全看不出害怕的神色。被他牵着，她的慌张、无措突然就减弱了许多。

"我……我和你一起去！"

她深呼吸了一口气，在心里给自己加油：蓝小千，你可是致力于揭穿一切骗局的网络主播，怎么能这么轻易就被吓到？之前单单靠你一个人，不也闯过无数鬼屋吗？现在身旁还有人支持着你，当然更不应该退缩！

蓝小千的脸色依然一片惨白，却强挤出了一个微笑，主动地往前迈了一步。

洛青銮不动声色地看了看她，感受到自己握着的那只小手，不光手心沁

出了一层冷汗，还在微微地颤抖着。

洛青銮没有戳穿她的害怕，只是把她挡在自己的身后，朝那扇敞开的门走过去。

一步，两步，三步……

"鬼新娘"已经近在眼前，长长的黑发要飘到两个人的脸上，她却一动不动，似乎没有听到后面有人在接近一般。

"你……你好？"蓝小千壮着胆子，举起手机对准了她，"请问你是人吗？"

"哇！好惊险，好刺激！"

"主播见鬼了！第一次看到真正的鬼呢！好怕！"

"别瞎说，这世上哪来的鬼！"

……

直播间里的人数已经暴增了几十倍，拜现在发达的社交媒体所赐，刚刚那个听起来像是痛苦呻吟一般的声音出现时，微博上就已经传开了——蓝小千的直播真的见鬼了。

对面的"鬼新娘"还是一声不吭。

正当蓝小千想再接近几步时，忽然，洛青銮不知道从哪儿顺手捡起一根木棍，快狠准地朝着"鬼新娘"刺了过去！

"啊！"

一瞬间，蓝小千屏住了呼吸，脑海中闪过无数鬼片的经典桥段……

"科学即是正义"的网络直播间，在线人数瞬间暴增到了六位数。无数观众都看见了这一幕——探照灯惨白的灯光下，一位姿态优雅的少年，仿佛在比赛西洋剑一般，决然地迎上了可怕的"鬼新娘"！

"啊！"蓝小千猛地闭上眼睛，抱住了自己的头。

"咣当！"

然而，想象中的恐怖场景并没有出现，在洛青銮用力的一刺下，"鬼新娘"居然就这么倒下了！穿着蓬蓬的婚纱裙的身影倒下之后，激起了一片尘土，还发出了重重的响声。

过了好几秒，蓝小千才睁开眼睛："咦？"

莫非……只是个乌龙？

"似乎没什么问题，你要去看看吗？"

白色灯光下，洛青銮转过头来，嘴角的笑容就像是窗外的月光一样，优雅澄澈，遗世独立。


蓝小千用力点了点头，松开了自己因为紧张而用力握住的手。她这才发现，自己居然把洛青銮的手腕抓出了一圈殷红的印记。

"对不起……"她瞪大眼睛，愧疚极了。

洛青銮笑着用食指在唇边比画了一个噤声的动作。他指了指蓝小千的手机，示意现在还在直播。

这个时候，网络上好奇的观众已经快疯了，一排排文字飞过屏幕——

"这个'女鬼'真弱！一看就是假的吧？"

"夜光少女你好厉害！从今天起你就是我的偶像！"

"近距离打败'鬼新娘'！我怎么突然觉得这么好笑，哈哈哈……"

……

蓝小千这才反应过来，迅速调整好表情，把手机对准了已经躺在地上的"鬼新娘"，毫不犹豫地朝前走去。

这个时候，她也发现了蹊跷之处——如果真的是鬼魂的话，不是应该可以穿过墙壁的吗？怎么会倒在地上，还发出那么大声的声响？

"大家还记得吗？在节目的一开始，我就曾经介绍过关于'雾之家'的传说。据说，晚上有人远远地经过，都能看到穿着婚纱的女人在窗口一闪而过。现在躺在地上的东西完全符合这个描述，也就是说，我们成功地抓住了传说中的'鬼新娘'！现在，我就要揭开'鬼新娘'的真面目了，大家要仔细看好！"

蓝小千稳稳地拿着手机，深吸一口气，俯下身，抓住了"鬼新娘"浓密的黑发，慢慢地掀起来……

"咦？"

不对劲，这头发的手感……怎么粗粗的，一点儿也不像是真头发？

发现这个异常，蓝小千干脆一口气把挡住"鬼新娘"的脸的头发掀了起来，露出一张平板的、惨白的脸……塑料做成的。

"呼……"

原来，把大家都吓得够呛、让这片旅游区都蒙上了阴影的"鬼新娘"，只是一个塑料模特而已！

4

　　蓝小千拿着手机，把塑料模特从头到脚拍了一遍，还用指关节敲了敲模特的脸，发出了敲击塑料独有的那种沉闷的响声。

　　"砰砰。"

　　蓝小千低下头，发现塑料模特脚下还有一只支撑用的金属圆盘，她伸出手轻轻地一碰，穿着婚纱的塑料人就左右摇摆了起来。

　　"因为长久的风吹日晒，模特脚下的支撑圆盘已经起不到原来的固定作用了。而且因为这扇窗户的玻璃早就破损不堪，所以只要外面的风一吹，模特就会随着风左右摇摆起来。窗外的人看见了，自然就觉得这里面有婚纱女人……"

　　她正说着，郊区透着凉意的晚风又吹了过来。忽然，不知道从房间的哪个角落里又传来了"呜呜"的声音，听起来古怪瘆人，格外阴森。

　　洛青銮站在墙边，朝蓝小千举手示意。他抬起下巴，指了指对面墙上的一处破洞。那里的暗色蔷薇墙纸被风吹得鼓了起来。

　　蓝小千走过去，伸手按住墙纸，奇怪的声音立刻消失了。

　　"啊！原来是这样！"她惊喜地叫了起来，可爱的脸上露出灿烂的笑容，"这个奇怪的声音，并不是女人的悲鸣，而是风吹动墙纸发出来的！"

　　她又试验了好几遍，耐心地解答着网友们的问题，一刻不停地说了半个

九月樱花馆·
SEPTEMBER
SAKURA
APARTMENT
夜光少女季
THE SEASONS OF MOONLIGHT GIRLS

多小时，才结束这次的视频直播。

一关掉手机页面，洛青銮就从双肩包里取出两瓶纯净水递了过来。

蓝小千愣了愣，舔舔自己干燥的唇瓣，拧开瓶盖"咕嘟咕嘟"地一口气喝了小半瓶水。

"谢啦！"洛青銮还真是体贴又细心，刚刚又是尖叫又是不停地说话，她早就渴了！

看着蓝小千的样子，洛青銮心中的疑问又忍不住冒了出来："蓝小千，你不觉得危险吗？"

"啊？"蓝小千抬起头，眼睛里闪着迷惑的光。

"这种事你也不是第一天遇到吧？我发现你之前一直在发抖。如果今天没人陪你来的话，搞不好会出意外……"他蹙起了眉毛，"如果发生了什么事，你一个人要怎么办？"

"意外……应该不会吧……"蓝小千心有余悸地回过头，看了看仍旧在摇摆的婚纱模特，"说实话，我以前的确也遇见过这样的事。有个传说有幽灵狼的鬼屋，其实里面有一条疯狗，我还差点被咬到，吓得我打了三针狂犬疫苗呢。"

把水瓶的瓶盖拧好，她取下头上的飞行员帽放在一旁，又开始拆卸身上的耳机和麦克风："不管遇到什么危险，我早已做好了准备，一定要把直播进行到底！而且，这个世界上哪里会有鬼怪这些东西？我可是坚定的科学拥护者！"

洛青銮的眉毛舒展开来，他弯了弯薄唇，悦耳的声音里带着一丝笑意：

"刚刚把我的手腕都抓红了的是谁？"

他伸出手，探照灯灯光下，那一圈红痕似乎有慢慢变紫的趋势。

"对不起……"一看到这个，蓝小千的心底就浮起了一股浓浓的愧疚，她赶紧拿起包，努力翻找着，"等等，我记得之前准备了跌打损伤喷雾……"

借着白亮的光线，洛青銮静静地看着她，俊朗的眉目间全是自己也想不到的温柔。


给洛青銮的伤口喷完清凉的喷雾后，蓝小千又像是想到了什么，开始在房间里到处翻找起来。

"你在干吗？"洛青銮好奇地问。

"我在找绳子，把这个塑料假模特吊下去。然后再拍几张照片发在网络上，到时候鬼屋的谣言就自然被戳破了！"她手上的动作不停，语气却很兴奋，"东明湖这么美，到时候，这块美丽的地方也会被开发成旅游度假区的！周围的超市和饭店也不至于没人来啦！"

"原来是这样。"过了好一会儿，洛青銮才低低地说。

没想到，蓝小千看起来个性大大咧咧的，居然也有这么认真的一面……而且令人惊讶的是，她录制这种直播视频，完完全全是为了当地的居民着想，想努力让大家的生活都变得美好。

和外面客厅的萧条比起来，这个房间里的家具倒是都还在。铺满了厚厚

灰尘的欧式大床上，床幔已经被灰尘染成了灰黄灰黄的颜色，轻轻一拉就烂成了破布条。

蓝小千只得放弃用床单接成绳子的想法，改去翻床头柜的抽屉。

"咦？"

看着她精力十足地忙东忙西，洛青銮准备帮忙，可还没动手，就看见蓝小千从抽屉里拿出一本厚厚的书。

和房间里其他破败的物品相比，这本书被精心地收藏起来，银白色的封皮上还系着黑色缎带。

蓝小千小心翼翼地解开缎带，随便翻开一页。忽然，她猛地瞪大了眼睛，活像一只受惊的猫咪。

"有发现？"洛青銮关切地问，"上面写了什么？"

"好像是个日记本……"她又接着翻了好几页，过了好一会儿才尴尬地抬起头，"全是用英语写的，我不认识……"

虽然成功地拥有了十多万观众，在网络上也小有名气，但蓝小千的成绩偏科得厉害，数学和理科总是能拿到漂亮的成绩，可每次考完英语，都感觉上天在惩罚自己……不管她怎么死记硬背，成绩都可怜地徘徊在及格边缘。

看着一脸郁闷的蓝小千，洛青銮忍不住露出一抹柔和的笑容。他伸手接过日记本，匆匆扫了一眼："你不认识也是正常的，这上面是法文。"

"呼……那就好，还以为我最近几天英文又退步了，连一个单词都不认识了！"她松了一口气，后怕地拍拍胸脯，"不过，难道你连法文都会？"

洛青銮微微挑了挑眉，仔细地翻看着手上的日记本。慢慢地，他那俊美的脸上露出了一丝凝重的神色。不知道想到了什么，他浅褐色眼眸中的光也暗淡了下来。

蓝小千紧张极了，忍不住开口问道："里面写了什么，是什么不好的事情吗？"

过了好一会儿，洛青銮才开口回答，他的声音有些低沉，在安静的夜色里，被月光染上了一层忧郁。

"这本日记记载的是这座别墅女主人生前的最后一段记忆。"


5


原来，可怕的"雾之家"原本是一座风景优美的别墅，这里的主人是一对幸福的夫妇。妻子是一位美丽的法国姑娘，她在一次来C市旅行的途中，遇上了俊朗温柔的青年，两人结为夫妻，并在东明湖畔定居了下来。两人都热爱旅行，除了在外游历山水的日子，其余的时光，两人都在这座小别墅里过着半隐居的生活。

只可惜好景不长，在一次健康检查中，丈夫被发现患上了绝症——骨癌晚期。很快，他便卧病在床。病痛侵蚀了他英俊的容颜，剧烈的疼痛让他很快变得形销骨立。为了让他开心一点儿，妻子在家里总是会穿上自己珍藏的婚纱，重演两人结婚的幸福一幕。

"我永远爱你，不论贫穷、疾病、不幸，我都发誓对你忠诚，不离不

弃。"妻子流着泪，亲吻着丈夫的手。

然而，谁也无法阻挡死神的脚步，残酷的命运最终还是降临了。

不管怎样悉心照料，三个月后，丈夫仍然无法避免地迎来了生命的最后一刻。

在办理完他的丧事之后，妻子万分悲痛地服下了过量的安眠药，追随着丈夫殉情而去。临死前，她把两人生前的卧室封存起来，把那套婚纱穿在了塑料模特的身上，放在窗前，就好像是她仍然看着别墅前面的美景一样。

洛青銮的声音低沉而富有磁性，一句句柔和的话语，仿若皎洁而温柔的月光洒进心田，蓝小千出神地听着，最后忍不住红了眼眶。

"怎么会这样……"

原本，她以为"鬼新娘"只是一个大乌龙，可怎么也没想到，这里面居然有这么一个凄婉的爱情故事！

"这对夫妻都是孤儿出身。"洛青銮遗憾地翻到日记最后一页，"妻子去世之前，就已经通知了墓园将自己葬在丈夫身边。而两位主人去世后，这里变成了无主之地，很快荒废了。"

"可是……"蓝小千转头看向一边的塑料模特，"如果这是别墅主人的遗愿，那我们就让穿着婚纱的模特继续站在窗边，替去世的夫妇欣赏这里的景色吧。"

洛青銮点了点头，替蓝小千出主意："可以把这个故事发到网络上，让更多的人知道。相信要不了多久，这里就会有很多慕名而来的游客。"

"嗯！"蓝小千用力地点点头，满脸梦幻地遐想着，"我一回家，就把这个故事写成长微博发出来，让所有人都知道！而且正好趁着暑假，我还可以来别墅帮忙打扫，把坏掉的楼梯和窗户修好，欢迎大家都来参观！"

洛青銮本来想说用不着这么麻烦，这些事情只要告诉景区的管理人员就好了，对方一定很乐意效劳。可是，看着蓝小千认真的神情，他把劝说的话咽了下去。

"蓝小千，我能问你一个问题吗？"

"当然可以啊！"蓝小千疑惑地看了洛青銮一眼，"你问吧。"

"不过就是闹着玩的直播罢了，你为什么这么拼命？"

洛青銮看着那张笑起来会露出两个可爱的小酒窝的脸，想起之前她听见神秘声音时，就算怕得双腿发软，仍然坚强地继续举着手机的情景。

"而且我觉得，你不顾会遇到危险也要坚持网络直播，一定不是为了钱，我说得对吗？"

提到这个，蓝小千脸上灿烂的笑容不可避免地暗淡了下来。她没想到洛青銮会问这个问题。

一时之间谁也没有说话，死一般的寂静弥漫开来，整个房间的气氛变得有些奇怪。

"其实，也没什么……"过了好久，就在洛青銮以为她不会开口的时候，蓝小千的声音响了起来，"小时候，我爸爸妈妈因为工作很忙，就把我寄养在舅舅家，舅舅家有个比我大三岁的姐姐。"

她微微低下头。如水的月光透过没有玻璃的窗户，照在她的身影上，莫名地透出一股倔强的味道。

忽然之间，洛青銮觉得她的声音就像这月光一样，清澈纯净。

"表姐对我很好，不管做什么都带着我，有什么好吃的、好玩的都会让给我。每次我闯祸了，她还主动帮我背黑锅。表姐从小就很有艺术细胞，她画的画超级漂亮，拿过很多大奖……那时候，我最大的心愿就是，以后自己也要变得像表姐那么厉害。"

"然后呢？"也不知道为什么，洛青銮鬼使神差般打断了她的话，他的心中升起了一丝不好的预感。

"然后有一年夏天，表姐着凉发烧了。我还记得，她的额头当时滚烫滚烫的，脸也烧得通红，几乎已经说不出话来了，却还是抓着我的手叫我不要怕，等她好了就带我去公园玩。"

少女甜甜的声音越发低沉，还带上了一丝竭力遮掩的哽咽和颤抖。

洛青銮轻轻地拍了拍她的肩膀，眉头皱成一团："对不起，你不想说可以不用说，是我不该问……"

"不！让我说完！"蓝小千吸了吸鼻子，坚定地说，"当时舅舅正好出差，家里的大人只有外婆在，可她竟听信了村里人的谣言，说表姐这不是生病，是因为沾到了不干净的东西，不许我打电话叫救护车……"

说到这里，她发出一声哽咽，几乎已经说不下去了。

"后来舅舅回来把表姐送去了医院……因为耽误了最佳治疗时机，她的智力永久性地受损，退化到了八岁的水平……从那以后，我最聪明的表姐就变成了一个永远长不大的孩子。可即使是这样，她也还总是记得要带妹妹去公园玩……"

听着蓝小千带着鼻音的叙述，洛青銮的心里忽然好像被什么东西轻轻地撞了一下，那块很久没有人触动的柔软的地方，仿佛因为她而苏醒了过来。

没想到，蓝小千居然有着这样伤痛的过去。不过或许正是因为这样，她才和致力于科学发明的秦琪成了好朋友，一天到晚痴迷于破除封建迷信，坚持将真相公之于众吧？

"你猜得没错，直播得到的钱，除了必需的买器材的费用之外，我都给表姐存了起来。她小时候最喜欢的就是我了，总是保护我、爱护我，我以后也要保护表姐一辈子。"

浅淡的月光下，少女盈满了泪水的眼睛就像是外面美丽的东明湖，闪烁着坚定而善良的光芒。

"好啦！我的故事说完了！"蓝小千揉揉眼睛，不好意思地笑了笑，"我们现在该回去了，谢谢你今天陪着我！今天太晚了，我改天再过来打扫这里。"

不知道为什么，洛青銮心中一动，忍不住开口："下次过来这里，我陪你一起。"

"啊？"蓝小千愣住了。虽然一起面对过抢劫犯，但事实上，自己和洛青銮并不熟啊……当然，洛青銮这样俊美的男生，又体贴又懂得照顾女生，他自愿帮忙简直是千载难逢的好机会。可是不管怎么说，总是麻烦他，实在是太不好意思了。

蓝小千张了张嘴，小声说："不用啦，表姐的事过去了那么久，我早就不伤心了。而且，打扫这边一定要花很长时间……"

九月樱花馆·
SEPTEMBER
SAKURA
APARTMENT
夜光少女季
THE SEASONS OF MOONLIGHT GIRLS

　　"那就周末吧。"洛青銮微微弯下腰，轻轻擦掉蓝小千脸上的一点儿灰尘，眼睛里仿佛盈满了漫天星光，"能和你一起做这么有意义的事，是我的荣幸。"

　　他的手温暖而干燥，蓝小千眨眨眼睛，只觉得被碰到的那一块皮肤瞬间发起烫来。

　　哇！难怪秦琪会说，洛青銮是所有女生心中的王子，这魅力简直无法拒绝啊！

CHAPTER
03
第三章
成功与随之而来的挫败

九月樱花馆·
SEPTEMBER SAKURA APARTMENT
夜光少女季
THE SEASONS OF MOONLIGHT GIRLS

1

"雾之家探险"视频在网络上一下子就火起来了！

直播平台上的视频被保存了下来，首页置顶反复播放，现在的点击量已经过亿，也就是说，已经有上亿人看过蓝小千的节目了！

这也难怪，一大早，蓝小千就收到了编辑连发的十几条微信，甚至还破天荒地发了两个红包。

"编辑一向很小气的，今天居然发红包给我？"

蓝小千果断地点开两个红包，第一个，一元钱；第二个，八角八分……果然，小气的人永远都是那么小气！

擦了擦额头上的冷汗，她兴致勃勃地打开微博。

哼，这次的节目那么成功，一定能够吸引到更多人来关注"夜光少女"！这样一来，自己的死对头"魔法少女"也就不能总是宣扬什么"月光能量""宇宙的磁场"等思想了！

"果然，这次我可是一下子涨了六万粉丝……看你还怎么追上我？"蓝小千捧着手机自得其乐，两只亮晶晶的大眼睛笑成了弯月。她眉飞色舞地点开了评论，准备看一看大家对"雾之家"直播的感想。

可才看了几条评论，她的脸色立刻就变得古怪起来，奇怪，这些评论怎么好像和自己没什么关系？

"大家请注意！月光美少年出现在视频的46分29秒处！仔细看，还能看见他牵起了'夜光少女'的手！"

"我的整颗心都被治愈了！美少年的微笑，就像是春日里青草上那颗最清亮的露珠，就像是燥热无边的沙漠中的一泓清泉，就像是黎明将至时天边唯一的启明星……"

"喂！你的排比句太肉麻了。不过……我觉得月光美少年比你形容得更帅！"

月光美少年？

那是什么？

蓝小千抽了抽嘴角，一排排评论看下来，发现三分之二都是讨论洛青銮在镜头里的惊鸿一瞥的。她这才想起来，之前自己被塑料模特吓到时，洛青銮曾经握着自己的手安慰。

努力了半天，居然还不如洛青銮露个脸有用？

"不过也好，这样一来，肯定会有更多人关注'雾之家'的故事。"

蓝小千发了一条关于"雾之家"主人夫妇的长微博，就换上简单的T恤衫、牛仔短裤，准备出门去看秦琪。

原本以为秦琪只是扭伤了脚而已，没想到昨晚刚回来，洛青銮就用秦琪的手机给她打了电话，说小琪去了医院。

要不是自己，小琪怎么会伤得那么严重？

正在犹豫怎么找到医院的时候，蓝小千的手机突然响了，是一条微信好友申请，备注上写着"洛青銮"三个字。

她通过了好友申请，对方立刻发过来一条信息——

"秦琪住在花星医院，3楼601房间。"

蓝小千的心头漫过一阵暖流，洛青銮一定是怕自己担心，才特意发信息过来。他真是太体贴了，世界上怎么会有这么完美的男生呢？

她回复了一个大大的笑脸："谢谢你。"


花星医院是C市最好的私立医院，坐落在市中心，离秦琪位于绯樱之林的小洋房稍微有点儿距离。蓝小千一路打开手机地图，跟着导航走了好久才到达。

不过……一路上有不少人认出了她！

公交车上，两个穿着粉色裙子的双胞胎小女生坐在她身后，兴奋地窃窃私语——

"你看这个女生，她就是网络直播上的那个'夜光少女'，没错吧？"

"哇！好像是真的！那天'雾之家'的节目，我可是从头追到尾呢！"

"没想到她真人也这么可爱！"

……

听到这里，蓝小千不由得抿着嘴偷偷笑了。她回头看了她们一眼，两个小女生立刻红着脸低下头去。

简直太可爱了！

带着沾沾自喜的心情，蓝小千按照洛青鸾发来的地址，来到3楼601病房，只不过刚进门，她的好心情就一下子飞走了一半……

糟糕！昨天那个韩煜非也在！

站在病房门口，她一眼就看见了沉默的韩煜非，他手中还拿着一把闪亮的水果刀和一个苹果，看起来是正在给秦琪削水果吃。

虽然在秦琪家看过他们的合影，不过，蓝小千觉得，照片上的韩煜非，完全不能表达出他那冷漠逼人的气势。

他的头发乌黑如同鸦羽一般，白皙的面孔上，抿着的双唇泛着淡淡的粉色，绝对是天使一样的外貌。可是，蓝小千还是下意识地觉得，自己站在他对面，不由自主地感到一股寒意。

倒不是她讨厌韩煜非，只是这个男生给人的感觉怪怪的，虽然长得很帅，但总是一脸别人欠他八百万的表情。特别是打开门看到她，他那锐利的眼神简直像一把把小刀子，害得她内心的愧疚更加强烈了。

"小琪……我来看你了……"蓝小千的声音越来越小，她几乎是贴着墙壁，朝秦琪的方向小步蹭了过去。

"小千！"秦琪穿着清爽的蓝色病号服，惊喜地大叫起来，"你怎么来了？其实我根本没什么事，都怪韩煜非，非要我到医院来住一天，害我快闷死了。"

说完，她不管自己脚上还裹着白色纱布，"嘿"一声就从病床上跳了下

来，像兔子一样单腿蹦到蓝小千面前。忽然，她脚下一滑，眼看着就要栽倒在地。

"小琪！"

"小琪！"

蓝小千刚刚伸手要扶她，却只觉得眼前一花。她还没看清楚韩煜非的动作，秦琪就已经躺在了他怀里，整个人被打横抱了起来。

"哇！"蓝小千瞪大眼睛，被眼前这一幕震撼到了。刹那间，秦琪那张可爱的苹果脸上浮起两团红晕。

"韩煜非！"秦琪撒娇一般瞪了韩煜非一眼。

韩煜非皱了皱眉，动作轻柔地把秦琪放回病床上，顺手递过一个削好的苹果："最近附近发生了好几起盗窃事件，我又要开始忙了，你乖乖地待在医院休息。"

"嗯。"秦琪脸红地点头。

目送着韩煜非离开，蓝小千的脸上扬起一个贱兮兮的笑容。她摩拳擦掌地走到床边坐下，捋起衣袖："说吧！你和韩煜非……到底什么情况？"

2

微风轻轻拂过，吹起蓝色的窗帘。金色的阳光穿过透明的玻璃，照在两个女生身上，这一切仿若一幅温馨美好的水彩画。窗外绿叶繁茂的大树上，几只鸟儿蹦蹦跳跳地在歌唱。那悦耳婉转的音调，时不时伴随着屋内女生们爆发的笑声，别提多和谐了。

"所以说，你现在是住在九月樱花馆啦！难怪，我昨天看冰箱和衣柜都是空荡荡的！"蓝小千恍然大悟，朝秦琪挤挤眼睛，"这么说来，你和韩煜非现在可是住在一起哟……"

秦琪的脸涨得通红，她用力地咬了一大口苹果："别提我了！你昨天不也和洛青銮相处得很愉快吗？我可是看了直播呢！"

"我……"蓝小千正想要反驳，可不知道为什么，脑海里忽然浮现出一双温柔的茶色眼眸，不由得一时语塞，脸颊也悄悄爬上了几抹淡红色。

看她这反常的样子，秦琪的眼睛一亮，正准备追问几句，忽然，放在床头柜上的粉色手机嗡鸣起来。

"是煜非吗？"秦琪嘟囔了一句，拿过手机。

蓝小千回过神来，赶紧辩解："我和洛青銮没什么啦，他只是帮了我很多忙……"

"天啊，是我哥！"

然而，秦琪现在已经完全没有心情听她说什么了，她大声咆哮着，差点从病床上站起来了："我哥终于要回来了！这一次，我一定要拿手铐把他铐住！看他往哪里逃！"

"小琪……"看着瞬间燃起斗志，浑身都仿佛冒出熊熊烈火的秦琪，蓝小千的额头上淌下几滴冷汗。

说起来，秦琪的哥哥舒桦，也是个让人头痛的大魔王，小琪每次说到

他，都是一脸痛恨的样子。

"怎么会有这样的哥哥！亲妹妹都不知道他在哪里、什么时候回来，连个具体的联系方式都没有！"

蓝小千好奇地探过头，看了一眼秦琪的粉色手机。屏幕上显示着一封"花轮同学"发来的电子邮件，内容十分简单——

"琪琪，我今天下午三点坐'天鹅号'游轮回来，天云港口见。"

"太好了！"蓝小千真心实意地替秦琪感到高兴，她看着好闺密眼里闪烁着泪花，用力抱了抱秦琪，"你的脚不方便，我陪你一起去！"

秦琪用力地点了点头，吸了吸鼻子，又开始咬牙切齿地念叨起来："消失了那么久才回来，这次我一定要给他好看！"

天云港口是C市最大的对外港口之一，幸亏现在的网络很发达，在和秦琪一起打车去港口的路上，蓝小千就已经查询好了今天的船次。舒桦乘坐的"天鹅号"邮轮是从X市出发，以C市为目的地的一艘十万吨巨轮，正好是下午三点到港。

"快点儿！已经两点五十六了！"

秦琪一路蹦蹦跳跳，跑得比蓝小千这个没伤过脚的人还快，还一边大声地催促着她。

"小琪，你可是伤员啊！慢一点儿！要是你的脚再扭了，韩煜非会杀了我的！"蓝小千背着超大的旅行背包，气喘吁吁地跟在后面。

自从得知舒桦的消息以后，秦琪就闹着一定要出院。

蓝小千好不容易办好了出院手续，收拾完秦琪的东西，匆匆送回家，就提着大包赶了过来。

"好多船啊……"远远地，秦琪站在码头上，手搭在额头上张望，"这样一艘艘看过来，怎么找得到'天鹅号'？"

"呜呜"的鸣笛声此起彼伏，碧蓝的海面上，停泊着无数艘白色的船只，它们随着波浪的起伏缓缓摆动着。不时有新的船只靠岸。码头上人流如织，无数提着行李的人经过她们身边。但是，就算这样宽阔的港口，在大海的衬托下，也渺小得仿若一粒尘埃。

一边追逐着秦琪，蓝小千一边朝远处海天一色的地方看过去。迎面吹来一阵带着咸味的海风，让她感觉一阵心旷神怡。

"小琪，不要跑那么快！你哥哥不是说好要回来吗，到了肯定会给你打电话的！"

终于追上秦琪，蓝小千大口大口喘着粗气。夏天的阳光实在是太炽烈，她觉得自己就要快被晒得融化了。

"呜呜……"

正在这个时候，熟悉的汽笛声被拉响，天空中传来无线广播的机械女声——

"邮轮'天鹅号'已经泊岸，目前停靠位置：六号码头。请有关工作人员就位……"

"天鹅号！"

　　秦琪的眼睛一亮，赶紧单脚朝六号码头蹦了过去。

　　蓝小千吓得差点把旅行包扔在地上，赶紧一个箭步扶住她的手臂。

　　两个人全力赶到六号码头，那座流线型的巨大邮轮已经稳稳地停靠在了那里，银色的船身在阳光下反射出耀眼的光芒。舷梯上，许多旅客正小心翼翼地往下走。

　　"出来了吗？真是的，也不给我打个电话。"秦琪攥紧了手机，眼巴巴地盯着"天鹅号"，生怕自己错过了哥哥下船了一瞬间。

　　蓝小千忍不住安慰她："别着急，这么多人，你哥哥说不定是嫌太拥挤，在后面慢慢走呢。"

　　可是，不管蓝小千怎么安慰，从邮轮上下来的旅客还是在渐渐减少。五分钟、十分钟……直到最后一位乘客都已经下船好几分钟，秦琪脸上的神情慢慢地从焦急变成了失落，但她还是站在原地不动，微微仰着头，看着邮轮的舷梯慢慢地被收了起来。

　　　　3

　　"怎么这样……"蓝小千忍不住嘟囔。就算不认识舒桦，她在心中也对他产生了浓浓的不满。

　　看来……今天她们是等不到舒桦了。

　　"小琪……"蓝小千小心翼翼地说着，"已经没有人了……"

秦琪没有回答。

蓝小千把视线从邮轮上移开，不经意地在秦琪脸上扫了一眼，却惊慌地发现不知道什么时候，她已经泪流满面。

蓝小千顿时慌了："小琪！别哭呀！"

秦琪倔强地看着岸边的邮轮，盈满了泪水的眼睛里满是哀伤，仿佛"天鹅号"是一只巨大的怪兽，吞没了她最亲爱的人。

"手帕呢？我明明带了啊！"

蓝小千毫无形象地蹲下开始翻包包，一时之间手忙脚乱的，怎么也找不到手帕和纸巾。正着急时，旁边突然伸来一只手，递过一包纸巾。

"谢谢……"

蓝小千抬头，发现递纸巾的是个戴着大大黑框眼镜的男生，他十分清瘦，厚厚的刘海像锅盖一样遮住了眼睛。

他缩了缩脖子，犹豫了几秒，还是开了口："没……关系，秦琪，你还好吗？"

听到自己的名字，秦琪飞快地用手背擦了一下脸上的泪珠，转头看了过来："尹学长？你怎么也在？"

蓝小千站在一旁，莫名其地看了看秦琪，又看了看戴眼镜的男生……尹学长，是小琪认识的人吗？

"这位尹景伦尹学长是我哥哥的同学，以前他们可是很好的朋友。"秦琪向蓝小千介绍着，不知道想到了什么，她的神色又重新变得激动起来，"学长，你也是来接我哥哥的吗？他是不是告诉了你什么？"

　　"不……不是。"尹景伦慌乱地摆手，"我……我家住在附近，我只是来码头边散散步而已。"

　　一瞬间，秦琪眼中的亮光熄灭了。过了好一会儿，她才黯然地说："原来是这样啊……"

　　"秦琪……舒桦今天要回来吗？"尹景伦吞吞吐吐地问，还推了推脸上的眼镜，"这不是好事吗？你为什么要哭？"

　　"他没回来！"秦琪扯出一个比哭还难看的笑容，"明明说好的坐'天鹅号'回来，可我和小千在这里等了好久，他还是……"说到这里，她的声音哽咽了。

　　蓝小千轻轻地拍了拍秦琪的肩膀，心里也很不是滋味。她和小琪认识得也不算久，但小琪总是在她面前提到唯一的哥哥。她看得出来，舒桦在秦琪心中的地位有多重……

　　"会没事的。"尹景伦也沉默了一阵，才开口低声安慰。

　　他的样子有点儿木讷。拘谨地朝蓝小千点了点头后，他似乎不好意思一般，匆匆离开了。


　　离开天云港口回公寓的路上，秦琪的情绪一直都很低落。

　　蓝小千偷偷地打量着自己的好朋友，不知道该怎么开口劝慰对方。

　　这已经不是舒桦第一次失约了。虽然不知道他为什么要隐瞒自己的行踪，但她可以感受得到秦琪内心的煎熬和痛苦。毕竟在这个世界上，哥哥可是她唯一的亲人了呀。

　　沉默地下了公交车，蓝小千悄悄地叹了口气，追上走在前面的秦琪："小琪，晚上我做饭给你吃吧！经过一段时间的锻炼，我的手艺可是进步了不少呢！"

　　秦琪回过头，脸上露出了一丝笑意："才不要！上次你发的蛋炒饭的照片我看了，那完完全全就是一锅焦炭！我可是第一次见识到炒个鸡蛋都要放半瓶酱油的人！为了安全起见，我们还是叫外卖吧。"

　　"什么啊，看不起我！"见她总算愿意开口说话了，蓝小千装作不高兴地嘟起嘴。

　　很快进了家门，两人笑闹了几句，蓝小千拉着秦琪在沙发上坐了下来，伸手摸了摸秦琪的天然卷长发："小琪，不要难过了，我相信你哥哥不是故意要放你鸽子的……"

　　"别提那家伙了！"秦琪气愤地握紧拳头，"浑蛋，自私鬼！耍人很好玩吗？"

　　眼看着她又要爆发，蓝小千赶紧安抚："别……别激动，这样你身边的人会担心的！你看今天遇到尹学长，他也很关心你呢……"

　　"对了！尹学长！"忽然，秦琪仿佛被提醒了一般，从沙发上跳了起来，拖着还没痊愈的伤腿冲进了书房。

　　蓝小千一头雾水地跟了进去。

　　只见秦琪打开了书房里的笔记本电脑，熟练地登录了QQ，找到了一个备注是"尹学长"的企鹅头像，开始跟对方聊天。

“小千，多亏你提醒了我。”她一边在键盘上敲击着，一边解释，“你可千万别小看尹学长，他可是个电脑高手。刚刚在港口我太伤心没想起来，现在想想，我可以让学长登录我的邮箱，然后查出我哥发邮件的IP地址啊！”

IP地址……蓝小千额头上不由得掉下几根黑线。只不过追查一下舒桦的下落而已，用得着这么严阵以待吗？

很快，对方发来了视频请求。秦琪点击了“同意”，尹景伦那厚厚的刘海和黑框眼镜立刻出现在了电脑屏幕上。

简单地和两人打了个招呼，他就运指如飞地敲击起键盘来。黑色的屏幕上出现了一排又一排奇奇怪怪的绿色代码。

“哇！”虽然看不懂他在干吗，但蓝小千突然觉得，这位看起来其貌不扬的尹学长好像很厉害的样子。

“舒桦发邮件的地点……”尹景伦顿了顿，语气有点儿古怪地说，“在英国伦敦。”

“伦敦？”

“英国？”

蓝小千和秦琪同时大喊出声。

尹景伦无奈地笑了笑，报出了一串英文地址。

秦琪咬了咬嘴唇，拿出手机记了下来，然后打开一个红色页面的网站，开始订机票。

“小琪！你要去伦敦？”蓝小千眼尖地看到她的手机屏幕，忍不住吃了一惊。

天啊！小琪这家伙，也太有魄力了吧？

秦琪的动作顿了顿，她转过头，有些愧疚地看着蓝小千："对不起，小千……我一定要亲手把舒桦那家伙抓回来！然后把他关在实验室，让他每天清洗一千支试管！"

可是，蓝小千一个女生住在这么偏僻的地方，是不是有些危险？毕竟韩煜非刚说过，最近附近有一些盗窃案件发生，所以秦琪有些担忧。

对面的尹景伦还在键盘上敲击着，听见两人的对话，他眼睛亮了亮，小心翼翼地插话："秦琪，如果你不放心让她一个人住的话，可以让她住到九月樱花馆去啊。"

九月樱花馆？

蓝小千眨了眨眼睛。

只见秦琪眼睛一亮，"啪"地打了个响指："没错！小千，你可以住到九月樱花馆去啊！今天晚上，我就叫洛青銮来帮你搬东西！"

4

秦琪一旦做出了决定，无论是谁都劝不回来。韩煜非实在不放心，于是干脆也给自己订好了机票，和她一起直接奔赴机场。

看着秦琪杀气腾腾离去的背影，蓝小千忍不住在心里替舒桦默哀。

一天清洗一千支试管，舒桦会不会手抽筋？

不过，这些都不是最重要的。最重要的是，她，蓝小千，从今天开始就要跟男生住在同一个屋檐下了！

"小千？蓝小千？"

磁性温柔的男声飘进耳朵里，蓝小千这才回过神来。她抬起头，隔着打开的出租车门，看见洛青銮正站在外面，耐心地等自己下车。

他那双茶色的眸子里映出她的脸。夜风轻轻吹起，拂动他的短发。他穿着一身剪裁大方的白色衬衫，衬托得身体更加颀长。站在星空下，宛若夜之精灵。

"啊……抱歉，抱歉！"

蓝小千不好意思地跳下车，跟着洛青銮走进了圣樱学院的后门。现在正是暑假，校园的林荫小道上一个人都没有。远远地，她就看到了一座银色的小楼。

五芒星形状的屋顶，精致的透明玻璃花房屋顶，这座银色的建筑散发着优雅的气息。

洛青銮绅士地替蓝小千提着行李箱，一边步履优雅地在前面领路，一边用悦耳的声音解说着。

"这一片白色的蔷薇花，象征着爱与美的女神阿佛洛狄忒。传说中，当美神从海水中诞生的时候，众神为她的美丽而惊艳，她身上的泡沫化作了无数花朵。"洛青銮回过头，朝蓝小千微微一笑，忽然变魔法似的拿出一朵美丽的白色蔷薇，递到她面前，"这朵花很配你，不是吗？"

蓝小千的脸一下子就发起烫来。她接过那朵还沾着露水的蔷薇花，只觉得自己的心在"扑通扑通"狂跳。蓝小千，你这是怎么了？只不过收到一朵花而已，干吗忍不住脸红心跳？

九月樱花馆的大厅华丽而宽敞，整座建筑内部的结构呈现圆形，围绕着中间金碧辉煌的大厅。木质楼梯蜿蜒而上。墙壁上的巨幅油画无比炫目。

月光透过屋顶的透明玻璃窗，在地上投射出斑驳的光影。

在这里，时光仿佛停滞了，让人忍不住屏住呼吸。

"太美了……"蓝小千喃喃自语地仰起头，欣赏着墙壁上美妙的壁画。

洛青銮看她一副痴迷的样子，微笑地站在一旁，不想打搅她。

只可惜，樱花馆里的另外一位主人，却丝毫没有保持安静的觉悟。

"好香的味道啊，你们藏着什么好吃的？"

听到这个声音，洛青銮无奈地扭头过去。蓝小千也一下子从沉迷中清醒过来。两个人一起循着声音发出的方向看过去。

"啊！"

蓝小千瞪大了眼睛。不知道什么时候，她的行李箱已经被打开了，有个男生蹲在地上，正在挑挑拣拣。

栗色的微卷短发像是泰迪熊一样，让人简直想凑上去摸一下。男生一边翻着蓝小千的零食，一边朝她露出了一个甜甜的微笑。他拥有一张天使般漂亮的脸，纯净如琥珀的眼眸中只有各种各样的食物的样子。

虽然明知道这样的行为有点儿没礼貌，但是蓝小千的心里竟完全没法产生任何苛责他的念头。

"咦？这个是北海道气球布丁吗？"男生举起一个圆形的盒子，好奇地问道。

"是的，是气球布丁。"蓝小千点点头。

她认出来这位可爱的少年也出现在秦琪家的照片上，如果猜得没错，他就应该是传说中的苏厥了吧。

这次来C市，她可是准备了很多零食，打算和秦琪一起吃，可没想到她居然就这么跑到伦敦去了。

"泰迪熊少年"可怜兮兮地看着她，漂亮的眼睛仿佛在发光："我可不可以吃一个？"

洛青銮轻咳一声，蹙起乌黑的眉头："小厥，这是蓝小千，她是小琪的好朋友。小琪和煜非在出国前，拜托我们照顾她一段时间，你没什么意见吧？"

然而，苏厥却连看都没看他一眼，只是目不转睛地盯着蓝小千，就像一只等待着主人投喂食物的可爱小狗。

蓝小千"扑哧"一下笑出声，索性走过去，主动把自己所有零食都取了出来，一样一样递到苏厥面前，爽朗地说："吃吧。"

樱花馆的三位主人，除了冷漠冰山韩煜非之外，剩下的都很好相处嘛。

蓝小千隐隐约约有种预感，她接下来的暑假生活一定会十分愉快的！


在零食的攻势下，可爱又贪吃的苏厥很快就接受了蓝小千这个新住客，甚至还慷慨地拿出了自己珍藏的零食，进行交换。

第二天一大早，两个人就已经像是认识多年的老朋友一样，肩并肩坐在沙发上，一边吃着零食，一边用投影重温蓝小千和洛青銮的"雾之家"冒险之旅。

网络的力量太强大，光是这 ·条视频的评论就已经上万。苏厥吃惊地睁大了眼睛，像受到惊吓的小鹿："这么多评论！"

"那当然，我可是象征爱与正义的'夜光少女'！"蓝小千自恋地撩了撩头发。

忽然，苏厥凑到大屏幕前，认真地盯着最前面的一条评论："这是什么？"

"啊？"蓝小千也跟着看过去，发现是一条名为"阿白白"的网友发的图片评论，这条评论因为图文并茂而得到了很多人的赞赏。

"大家快看！我找到了一张酷似'月光美少年'的老照片！这可是我曾祖父传下来的伊顿公学的毕业照，是我们家的传家宝。右上角的男生长得和'月光美少年'一模一样，又优雅又俊美，就连发型也差不多！"

好奇地点开图片，蓝小千发现这条评论居然一点儿都没有夸张！

这是一张在国外留学的学生的毕业照。气势恢宏的城堡前，站着几排男生。一个面目俊秀、微微扬起下巴的男生站在右上角。他穿着一身笔挺的燕尾服，挺拔的身姿，优雅的气势，完全和洛青銮一模一样。

她激动地拍着苏厥的肩膀："哇！真想不到，世界上居然有这么相似的人！要不是这是一百年前的老照片，我都要怀疑洛青銮是不是有个双胞胎兄

弟了！"

　　苏厥却没有回答。不知道什么时候，他停下了正往嘴里塞薯片的动作，牢牢地盯着那张图片和下面的评论，白皙的脸庞上的神情慢慢变得凝重起来。

　　"怎么办！对'月光美少年'充满好奇，有没有人知道他的信息？"

　　"强烈要求主播公布'月光美少年'的身份，不然我们就自己去找。"

　　"这么多人看过直播，肯定有人认识他的！求知情人出来说一说！搞不好他真的和那张老照片上的人有关系呢。"

　　……

　　蓝小千蹙起眉头，心中隐隐浮起不太好的预感。她仔细地浏览着这张图片下面的评论，发现照片底下，有很多人纷纷留言猜测洛青銮的身份，还强烈要求自己公布他的信息。

　　这怎么行！

　　原本洛青銮陪自己去探索鬼屋，也只是秦琪拜托的，如果他的真实身份被曝光，肯定会很不方便。

　　蓝小千咬了咬嘴唇，一狠心，干脆删除了这张图片。

　　可是没过一会儿，那位叫"阿白白"的网友又冒出头来，发了一条新的评论。

　　"'夜光少女'，你为什么删了我的图片？我可是一点儿违禁词都没说，这也太不公平了吧！"

　　很快，他的质问下聚集了一大群看热闹的人，大家纷纷支持"阿白白"，指责蓝小千不该擅自删除评论。

"这下糟了……"

蓝小千不敢继续删除评论了。原本人家只是上传了一张图片而已，的确没做什么坏事，毫无理由地删除是不公平的。

眼看着蓝小千束手无策，突然，一旁默默地看着这一切的苏厥猛地丢下吃到一半的薯片，转身就朝楼上跑去。

"苏厥？"看着他焦急的背影，蓝小千站起身来。

苏厥却没有回应她，径直消失在螺旋楼梯的尽头。


5


奇怪啊……

接下来的时间，蓝小千一边看着电视，一边心神不宁地不时瞥瞥楼梯口，苏厥却始终没有出现。

眼看着时间一分一秒地过去，一直到了午餐时分，苏厥和正在房间里休息的洛青銮却连面都没有露。

"丁零零……"

蓝小千正百思不得其解，忽然，九月樱花馆大厅里响起一阵清脆的铃声。她怔松了半晌，这才反应过来。

"是门铃响！"

她踌躇了好久，见苏厥和洛青銮都没什么反应，这才从沙发上站起身，犹豫地接通了可视对讲机。

"请问……"

屏幕亮起，上面出现一张男生的脸。他穿着蓝色的运动T恤，剪得短短的头发显得很清爽，五官英挺而俊朗，皮肤是健康的小麦色，一看就运动神经很好。

蓝小千才开口说了两个字，就震惊地呆在了原地。过了好一会儿，她才不敢相信地说："飞……飞镜？"

天啊！这个男生，不就是小时候和自己一起长大的青梅竹马，舅舅隔壁家的邻居——明飞镜吗？他怎么会来这儿？

和面容精致的洛青銮不同，明飞镜的眉毛浓密又英气，右边面颊上有个小小的酒窝，笑起来让人感觉坏坏的。听见蓝小千的声音，他也吃了一惊，不敢相信地凑近可视电话："蓝小千？"

果然是他！

"飞镜，你怎么在这儿？"蓝小千喜出望外，赶紧打开门。

小学时，明飞镜和她可是整整做了六年的同桌。只可惜后来他们全家都搬离了宝光市，两人就断了联系。

不过没想到，居然能在C市再次见面！

看！他脖子上那个星星胎记还在！当时可是有很多老师误会，以为明飞镜是为了耍酷特意去文身，导致这家伙挨了好多骂！

和蓝小千的热情不同，明飞镜似乎有点儿拘谨，他好奇地左右张望着：

"小千，你住在这里真是太好了……我来这里，是受人之托，想要找一个叫秦琪的女生。"

"小琪？"蓝小千愣住了。他找小琪？明飞镜也认识小琪？

地球真是小啊。

拘谨慢慢散去，明飞镜又重新变回了蓝小千记忆中的那个阳光少年。他露出一个灿烂的微笑，洁白的牙齿闪闪发光："我在英国念书时，认识了一个叫舒桦的好朋友，是他拜托我来找秦琪的。"

蓝小千"啊"地叫了一声："是他让你来的？"

天啊！这……这也太巧了吧？

明飞镜好像还搞不清状况，继续说道："舒桦本来要回国，但是遇到了一些意外暂时脱不开身。他怕妹妹担心，所以让我来告诉她一声，自己没事……秦琪在家吗？"

蓝小千简直无语了。小琪的哥哥到底是多么不靠谱啊，发邮件说要回来，结果一句话都不说就放了妹妹的鸽子。而现在小琪跑到国外亲自捉拿他，他却又阴差阳错地拜托明飞镜来探望她。

"唉……"想到这一堆麻烦事，蓝小千忍不住叹了口气，说道，"你来晚了。"

蓝小千一口气给明飞镜讲述了这几天自己的遭遇，他简直笑得停不下来："小千，你怎么还和小时候一样，做什么都那么冲动啊？"

"一见面就损我。"蓝小千郁闷地瞪了他一眼，饶有兴致地问了起来，"不过，这么久没见，你过得怎么样？你不是有个弟弟吗？那个讨厌的小鬼

可是一看到我就要恶作剧地往我身上扔石子儿呢！他现在好吗？"

　　忽然，明飞镜脸上的笑容僵住了。不过只过了一瞬间，他又开心地笑了起来："他现在长大了，也不爱调皮了。"

　　说着，他把自己的手机递给了蓝小千，两人互相加了微信好友。

　　随后明飞镜伸手揉了揉她的头发："这一趟虽然没有遇到秦琪，不过能碰见你，也算是意外的惊喜了！明天我请你吃烤肉怎么样？你小时候不是最爱吃烤肉了吗？"

　　"好啊！"蓝小千仰起头，雀跃地欢呼一声。

　　看着她纯净的笑容，明飞镜的眼睛里多了几分暖意。

　　"咚咚咚……"正在这时，楼梯上响起了轻轻的脚步声。

　　蓝小千和明飞镜一齐转过头，正对上洛青銮那张温润的脸。不过此刻，他脸上的神情并不怎么好看，浅褐色的眼眸紧盯着明飞镜放在蓝小千头上的手，嘴唇紧抿着。

　　和黄昏比起来，白天的东明湖也别有一番美丽的模样。碧波粼粼的湖面倒映着空中的白云，偶尔有游鱼成群结队地游过，打碎了棉花糖一样的倒影。

　　第二天一大早，带着制作好的木牌，蓝小千和洛青銮来到了位于东明湖畔的"雾之家"。一路上，她发现游人明显多了许多。看来，之前的直播发挥效用了。

"怎么样？如果你和明飞镜去吃烤肉，就看不到这里的变化了！"洛青銮微笑地看着她，俊美的脸上带着一丝宠溺。

　　"嘿嘿。"蓝小千朝他做了个鬼脸，心情十分不错。

　　昨天明飞镜约她去吃烤肉，洛青銮听完以后却提醒她，之前说好要去整理"雾之家"。

　　于是蓝小千想都没想就推掉了烤肉的邀约，毕竟正事要紧。

　　"哇，路上的游人多了好多。"她指着之前自己和秦琪一起去过的超市，笑容满面地说，"你瞧，那个超市现在好多人啊。上次我和小琪过来的时候，整个超市里空荡荡的，特别凄凉。"

　　她开心地伸了伸腰，说道："再过一段时间，这里一定会变成知名的旅游区！"

　　迎着阳光，走在前面的少女身上洒满了明亮的光，双马尾随着步伐一摇一摇的，晃得人心里也暖暖的。

　　洛青銮的心情也变得好起来。不过，他刚想说些什么，就看见蓝小千举起手机，又嘀嘀咕咕地在发着微信语音。

　　他皱了皱眉，心里有点儿不舒服，一定又是那个明飞镜。

　　洛青銮也不明白自己对他为什么那么反感。在他心中，韩煜非和秦琪刚刚离开九月樱花馆，这家伙就突然出现，的确是不太正常。而每次看到蓝小千和他聊得开心的模样，他的心中就像是打翻了五味瓶，酸酸的、涩涩的。

　　"飞镜，你变得好搞笑啊！说实话，你真有去微博上做段子手的天赋……"蓝小千丝毫没察觉洛青銮的沮丧，嘻嘻哈哈地跟明飞镜回忆起了

许多小学时的事情，时不时地爆发出一阵大笑。

正笑得开心，突然，她只觉得怀中一重，突然多了一样东西。

洛青銮径直把"雾之家"的装饰木牌丢到了蓝小千怀里，俊美的脸上仿佛盖了一层冰霜，面无表情地直视着前方："我们到了。"

这家伙……难道是被韩煜非附身了？怎么一下子变得这么奇怪……

蓝小千腹诽着，匆匆收起手机，抬起头来——

"天啊！"她揉了揉眼睛，有点儿不敢相信眼前的景象。

之前破破烂烂的鬼屋，现在变得又整齐又干净。花园里枯萎的植物都被清理干净了，种上了鲜艳美丽的黄色郁金香。微风掠过，散发出阵阵怡人的清香。围墙上的豁口被修补好了，每一扇窗子都重新装上了玻璃，甚至连被踩塌的楼梯都修好了。

而二楼的窗口，曾经把蓝小千吓了一跳的塑料模特，如今也被擦洗干净，飘散的长发挽成了发髻，连身上的婚纱都换上了新的，在阳光下反射出圣洁的光。

"洛青銮，你真是太棒了！"

看着蓝小千闪闪发亮的双眼，洛青銮刚刚的郁闷一扫而空，脸上重新挂上了优雅自信的微笑。

CHAPTER

# 04

# 第四章

星光馆

1

　　走进"雾之家"转了一圈，蓝小千发现自己已经没有什么可做的，她只得从洛青銮手中接过木牌，踮着脚把它挂在了门柱的钉子上。木牌上写了这座别墅主人的凄美爱情故事。不过现在看起来，就算是夜幕降临之后，大家路过这里也不会害怕了。

　　"好啦！大功告成！"洛青銮看了看腕上的蓝宝石手表，嘴角微微弯起，"到了午饭时间，我还真有点儿饿了！这附近有一家烤肉店不错，哪怕之前有些可怕的传说，也还是有人大老远地跑过来尝试。"

　　"真的吗？"蓝小千摸了摸肚子，觉得自己也饿了。

　　"不过……"她举起一根手指，兴高采烈地看着他的脸，"多谢你的帮忙！这顿饭我来请客吧！"

　　洛青銮不由得怔了一下。他深深地凝视着眼前这个鲜活的蓝色身影，语气中盛满了自己都没发现的温柔："好……我可绝对不会客气。"

　　洛青銮所说的烤肉店离这里不远，十分钟之后，两人就坐在了凉爽的店铺里面。

果然，和他说的一样，小店虽然不大，但干净明亮。店里客人很多，空气中飘荡着诱人的肉香，光是闻着，就让人食欲大增。

不过，就算是在这样嘈杂的环境里，洛青銮依然优雅高贵得像是一个贵族少爷一般。他穿着一件青色的衬衫，正微微低头看菜单，额前的碎发挡住了他温润的双眼，却显得鼻梁格外高挺……

蓝小千目不转睛地打量着他，传说中就算去吃路边摊也比别人优雅的人，恐怕就是说洛青銮吧？

很快，两人点好了菜，然后一边喝着清凉的柠檬汁，一边等肉烤好。

这时，蓝小千突然想了起来，对了！昨天那张老照片，她还没给他看过呢！

"对了，洛青銮，我昨天看见有人在视频下面发了一张老照片，据说是一百年前的毕业照……上面有个人和你长得一模一样！"

说着，蓝小千习惯性地打开"浣熊TV"，可没想到，奇怪的事发生了——她的"雾之家"探险视频，居然被删除了！

她瞪大眼睛，看着本来应该是视频的页面，现在已经变成了一片空白，连带着一万多条评论都被清空，上面无情地显示着几个大字："因为网站运营原因，本视频暂时屏蔽。"

"怎么会这样……"

蓝小千的心情一下子跌落到了谷底。

这可是她成绩最好的一次直播，怎么会突然被删除？

"怎么了？"

听到洛青銮关心的问话，蓝小千把手机关掉扔进包里，强行打起精神："没……没什么。"

自己一个人不开心就算了，可千万不能害洛青銮也替她担忧啊……

说完这句话，一盘盘鲜嫩的肉片被送了上来，蓝小千松了口气，赶紧开始烤肉。不过，她没发现的是，坐在对面的洛青銮也一副如释重负的样子，好像终于放下了什么心事一般。

从郊区回到樱花馆，蓝小千有些闷闷不乐地把自己关在了房间里。

她的房间在四楼，和洛青銮的房间相邻。不得不说，九月樱花馆果然是圣樱学院最豪华的公寓，就连她住的最普通的客房，都带独立的浴室和漂亮的白色小露台。

而且，房间里的家具都十分具有公主气息，白色的梳妆台上雕刻着精美的花纹，垂着粉色帐幔的公主床更是大得几乎可以让人在上面随意翻滚。

"啊！好郁闷！"

蓝小千重重地扑了上去，把头埋进柔软的鸭绒枕里，狠狠地捶了两下。

明明她的直播视频的点击率很高，为什么会突然被撤掉呢？

从郊区回来的路上，蓝小千已经联系过编辑了。可是编辑也一头雾水，搞不清楚原因，只是说自己一定会去问清楚。

得到她的回复，蓝小千才勉强冷静下来，登录微博，一条条回复粉丝们的疑问。

不过这时，她的死对头"魔法少女"跳了出来。

"照我说，'夜光少女'一定是触犯了魔法的尊严，惊扰了亡者们的安眠，所以视频才会被强行屏蔽。如果不是这样，直播平台有什么理由封杀自己旗下的当红作品？人在做，天在看，你好自为之吧！"

"这家伙……是不是智障？"

蓝小千气冲冲地从床上坐起来，准备和"魔法少女"大战三百回合，不过就在这时，编辑突然给她连续发了几条消息。

"对不起，千千，我找过主管了，她说这个屏蔽的命令是公司的大老板直接下达的，她也没办法。"

"因为这个命令，我们支付了很多广告商的违约金。可奇怪的是，大老板连一点解释的机会都不给，似乎是铁了心要封掉那条视频……我怎么也想不通这到底是为什么！"

看着手机屏幕上飞快地跳出一条条消息，蓝小千陷入了疑惑之中。

大老板？也就是说，"浣熊TV"的最高领导人要封禁自己？

为什么？只不过是一个小小的鬼屋探险直播罢了，而且她自认为自己的直播风格也不是特别恐怖，观众们的反响又好，到底是出于什么原因呢？

眼看着编辑已经发了十几条消息，蓝小千这才回复了一句："好，我想

一想。"

把笔记本电脑重新放回桌子上后，蓝小千连吵架的兴致也没有，只觉得万分沮丧。

没有什么比刚刚成功就被泼了一盆冷水更令人难过的了。

她打开手机，选择了一个号码拨出去。

"喂，是小千吗？"苍老的声音传来。

"外婆，是我。表姐现在在做什么呢？"

外婆叹了口气："你表姐还能做什么，正蹲在那里玩水呢。你上次给她买的小鸭子她特别喜欢，天天都要抱着。"

似乎是听见了心爱的妹妹的声音，那边立刻传来水盆打翻的声音，表姐的声音越来越近："妹妹！妹妹，去公园！"

"姐姐……"刚刚叫了一声，蓝小千就觉得嗓子好像是被什么东西堵住了一样，眼睛里也湿润了。

"妹妹，你吃饭了吗？"

她用力地把泪水憋回去，平复了一下心里的波动，这才继续说道："吃了，吃了好多好多呢。姐姐乖乖地吃饭了吗？"

"吃了！很乖！"

曾经那么聪明伶俐的表姐，现在却只能一个词一个词地说话，而且只能表达出最简单的意思。蓝小千却没有丝毫不耐烦，哄了她十几分钟，才挂断了电话。

每当遇到什么困难的时候，想到表姐现在的样子，蓝小千就总会重新充满勇气。

蓝小千，无论什么时候，都不要忘记你的初心！在你身后，还有需要保护的人啊！


2


想到这里，蓝小千从床上一跃而起，用力抹了抹脸上的泪水。

不就是屏蔽了一个视频吗？她再录新的不就可以了？无所不能的"夜光少女"蓝小千，一定可以创造出比"雾之家"冒险更加热门的视频！

"对！现在就出发，去寻找新的灵感！"蓝小千拉开门，刚准备出门，却差点迎面撞上一个高大的身影。

"洛青銮？"蓝小千疑惑地看着他，"你有事找我吗？"

不知道刚刚是不是眼花了，她似乎看见洛青銮脸上闪过一丝慌乱。不过，当她仔细去看的时候，却发现他那张俊美的脸又恢复了平静。

"你哭过吗？"洛青銮紧紧地盯着她的脸，轻声问。

蓝小千忍不住一愣，装作不在意地用手背擦了一下眼角。真尴尬，大概是脸上留下了泪痕，被他看见了……

她抬起头，正要说些什么岔开话题，突然，一股温暖的力量握住了她的

手。洛青銮轻轻牵起她，露出一个温柔如皎洁的月光般的微笑。

"我做了马卡龙和乳酪蛋糕。心情不好的时候，只要吃一些甜点，就会忘掉不愉快的事了。"

甜点？洛青銮居然还会做甜点？

洛青銮自然而然地牵着她的手，朝厨房走去："我做了草莓口味，还有芒果口味的，你喜欢哪一种？"

"这两种我都很喜欢……"

蓝小千有点儿感动，她最爱的口味就是草莓和芒果。回家的路上，洛青銮一定是注意到了自己心情不好，才特地做蛋糕哄她开心吧？

精致的马卡龙放在点心托盘上，缤纷的色彩浪漫梦幻，看起来让人格外有食欲。

蓝小千用勺子轻轻挖了一块蛋糕送进嘴里，那种极致的丝滑口感让人欲罢不能。蓝色珐琅杯里的红茶，散发着氤氲的水汽。

可是吃着这样可口的糕点，她却有种鼻子发酸的感觉。洛青銮为什么这么好，害自己原本已经憋回去的眼泪都要流下来了！

"小千……"

耳边传来一声轻轻的叹息，洛青銮伸出修长有力的手臂，揽住蓝小千的肩膀，把她带进了自己的怀里。

蓝小千眨眨眼睛，一股好闻的青草气息钻进她的鼻腔。如果是平时，她一定会惊慌失措地推开他。但是在这样脆弱的时候，她只是安安静静地靠在了洛青銮的肩膀上，看着电视里面热闹的节目。心里的酸楚和暖意交织在一起，让她舍不得离开……

　　洛青銮的怀抱好温暖啊……和他的人一样，是那么令人眷恋。

　　也不知道为什么，鬼使神差般，蓝小千伸出手，轻轻抱住了洛青銮的后背……

　　"橘子味的汽水，在你心里发酵……"忽然，蓝小千的手机铃声响了起来，打破了两人之间宁静美好的气氛。她慌忙推开洛青銮，红着脸接起了电话。

　　"小千！你忙完了吗？我在蜜糖游乐园，出来玩啊！"明飞镜那元气十足的声音从电话里传出来。

　　洛青銮微不可察地皱了皱眉头。

　　蓝小千扭头看了他一眼，忽然想起自己刚刚的举动，不由得浑身不自在。

　　蓝小千，你是不是疯了！居然像着了魔一般，主动去抱洛青銮！

　　"好……好啊！我马上来！"

　　匆匆和明飞镜约好地点，蓝小千看都不敢看洛青銮的脸，低着头说了一句"我先走了"，就回房间拿好自己的双肩包，逃也似的跑出了门。

　　啊！没脸见人了！

和宝光市那座颜色单调的游乐园不同，蜜糖游乐场修建得十分豪华，糖果主题的大门十分吸引人眼球，缤纷的色彩装点着整座游乐园，看起来就像是童话中的幻境一样，又美丽又梦幻。

开往游乐园的巴士还没到站，蓝小千就已经远远地闻到了一丝沁人心脾的幽香。透过车窗远远望去，巨大的银色摩天轮缓缓地转动着，闪着蓝色荧光的云霄飞车急速掠过，带来一阵阵尖叫……一看就很好玩！

"小千！这边！"

刚刚下了车，蓝小千就听见了明飞镜熟悉的声音。她转过头，看见明飞镜朝自己走过来。他今天穿了一件黑色的T恤，帅气的脸庞让周围的女生们频频回头。

明飞镜手里举着两个超级大的冰激凌，七八个冰激凌球堆在一起，让人一看就胃口大开。

"这么大！"

明飞镜把其中一个冰激凌递给蓝小千，灿烂地一笑："这可是蜜糖游乐场的特色。不过今天天气太热了，如果买最大号的，一定会融化的。"

蓝小千点点头，大大地咬了一口最上面哈密瓜口味的冰激凌球，眼睛一亮："好好吃！"

"果然，你和小时候一点儿都没变，还是那么喜欢冰激凌。"明飞镜的眼里流露出一丝怀念的意味，他从口袋里掏出两张票，在她面前晃了晃，"我们去坐摩天轮吧！"

暑假期间，游乐场简直爆满，蓝小千和明飞镜排了很久的队，好不容易，蓝小千吃完手里巨大的冰激凌时，终于轮到了他们。

巨大的摩天轮缓缓地转动起来。蓝小千把脸贴在冰冷的玻璃上，努力地朝远处张望着，像一只趴在窗户上的可爱猫咪。

明飞镜看了，忍不住笑起来："能看见宝光市吗？"

蓝小千遗憾地摇了摇头："不能……宝光市离这里太远了，坐飞机都要四个小时。唉，肯定是看不到了。"

看她一本正经叹气的样子，明飞镜不由得"扑哧"一声笑出来，瘫倒在椅子上："哈哈哈，蓝小千，你还是这么搞笑啊！要不是了解你，肯定会以为你是智障！"

"你才智障呢！我只是心情不好开开玩笑而已。"蓝小千耸耸肩，突然，她想起自己原本出门的另一个目的，"对了，飞镜，你知道C市还有什么奇怪传说吗？"

3

"奇怪传说？"明飞镜摸了摸下巴，努力地回忆着，"C市倒是的确有

一个很著名的传说，就是传说中的'雾之家'……"

"嘁……那里我都去过了。"蓝小千嗤之以鼻，泄气地倒了下来，"C市这么大？难道就没有什么别的好玩事件？这也太不合理了吧！"

明飞镜好笑地看着她，摇了摇头："哪来这么多好玩事件？不过，你既然都已经去过了，不就行了？难得考完升学考试，暑假时间这么长，好好玩一玩才是最重要的。"

提起这件事，蓝小千就很郁闷，她耷拉着嘴角，就连眼角的泪痣都有些没精打采。

"别提有多倒霉了，上一次'雾之家'的直播视频，好不容易点击量过亿，引发了观众们的热议，没想到居然被视频网站删除了！还害我被死对头'魔法少女'嘲笑！不行，我得赶紧录新的视频，打败那个神经兮兮的家伙。"

"删除了？"明飞镜好像对这个话题很感兴趣，他那深邃的目光锁定了她，"怎么会突然删除呢？"

"是呀！我也想不明白！但据说这是'浣熊TV'的大老板直接下的命令，我也没有办法。"蓝小千趴在椅背上，闷闷不乐地将脸转向窗外。

明飞镜也没了动静，不知道在想些什么。

摩天轮已经转到了最高点，外面的天空碧蓝如洗，朵朵洁白的云就像是飘在身边一般，一抬手就能摸到。

从这里往下鸟瞰，整个C市的美景尽收眼底。蓝小千努力辨认出了九月樱花馆那漂亮的五芒星楼顶，心中一片温暖。

那里是有洛青銮在的地方啊……

忽然，身后传来一声惊呼，明飞镜那诧异的声音钻进了蓝小千的耳朵："小千！你快来看，我发现了一件很奇怪的事！"

"什么？"她懒洋洋地扭过头。

明飞镜神情肃然地看过来，抬起手，将手机里的网络搜索页面递到蓝小千跟前："刚刚听你说'浣熊TV'的大老板删除了视屏，我就有点儿好奇，于是上网搜索了一番……结果发现，这个人我们居然认识！而且是一个谁都想不到的人！"

"什么？"蓝小千一骨碌爬起来，接过手机。

然而，屏幕上显示的那三个字，让她一下子就瞪大了眼睛——洛青銮！

"怎么可能！"蓝小千下意识地否认。可是，手机里关于"浣熊TV"的企业介绍，就像是一个大巴掌，狠狠地扇在她脸上。

企业法人：洛青銮。

一瞬间，她脑子里浮现出今天洛青銮奇怪的举止，还有之前苏厥看到网络上的照片就立马跑上楼的情形……难道，他是去把网络上关于公布信息的言论告诉洛青銮？

"小千，'浣熊TV'本来就是洛青銮的产业，他只要随便说一句话，就能让你的视频被删除。可是从头到尾，他在你面前表现出过什么吗？"

蓝小千咬住下唇，突然觉得指尖有点儿颤抖。她把指尖握在手掌里，感

觉着那丝震惊和伤心，沉默地坐在那里。

明飞镜看着坐在对面的蓝小千，眼神里浮现出一丝挣扎和不忍。可他朝宝光市的方向看了一眼，又深吸了一口气，在蓝小千对面坐下。

"小千……我只是在担心你而已。洛青銮这个人，你认识很久了吗？如果是我，我是没法相信他的。至少打个电话问问吧，他为什么要删掉你的视频。"

蓝小千的眼里闪烁着挣扎、懊恼种种复杂的神色。她的脑子里已经乱成了一团麻。说实话，她真的很想马上就打电话，问问洛青銮为什么要这么做，可是……就像明飞镜说的那样，自己和洛青銮的确认识不久，又凭什么去问他呢？

而且，他今天还特地烤了蛋糕，还主动拥抱了自己……一定是因为心中有些愧疚吧。可是，如果真的必须删掉她辛苦劳动的成果，为什么不能事先和自己商量一下？

……

无数疑问在心中盘旋，蓝小千却一点也没有去找洛青銮对质的冲动。她只觉得自己就像掉进了冰窟窿，浑身发凉。

洛青銮……真的把自己当成朋友吗？

从摩天轮上下来，蓝小千再也没有了游玩的兴致。不过明飞镜显然很愧疚，他建议两人一起散步回家。

蜿蜒的路从街心花园穿过，两边种植了高大漂亮的杨树，洒下一片沁人心脾的绿荫。

蓝小千和明飞镜并肩走在树荫下，要不是今天的她特别沉默，这一幕看上去简直就像是一幅赏心悦目的画。

眼看着气氛渐渐变得尴尬，明飞镜开口打破了安静："我以前来过C市，特别喜欢这座小花园，这里很幽静……"

可是，他的话还没说完，前方就传来一阵喧闹声，好像无数人在叽叽喳喳议论着什么。

"怎么突然这么吵……"明飞镜有点儿尴尬，"我太久没来了，这边变化真大啊。"

不过，蓝小千却升起了一股好奇。她沿着小路往前走了几步，绕开一棵遮挡视线的巨大榕树，看到了噪声的发源地。

那是一座形状奇特的小楼，它的造型就像是一个立在地上的三棱锥，尖尖的顶端指向天空，外墙漆成了深蓝色，星星点点地镶嵌着不知道是玻璃还是水晶的小颗粒，让人想起夏日夜晚黑丝绒一般的天空。

而在三棱锥的顶端，一块巨大的、星星形状的招牌十分醒目，上面写着五个大字——星光馆。

"星光馆？"

蓝小千几乎不敢相信自己的眼睛。正发愁找不到下次直播的素材呢，没

想到，这个倒霉的星光馆这么快就自己撞上门来了！

"真是太好了！"她用力甩了甩头，把心中由洛青銮带来的郁闷抛到脑后，"走走走，我们过去看看！"

4

说实话，这座小花园的位置的确十分偏僻，看得出来，平常来逛的人不多。可此刻星光馆门口居然排起了长长的队伍，真叫人觉得不可思议。要知道，这可是烈日炎炎的夏天啊！

排队的人大多是上了年纪的大叔大婶，偶尔也夹杂着几个年轻女生。大家脸上的表情都满是期待，似乎很信任这个星光馆。

蓝小千本来想找人问，可刚挪动脚步想往前凑，就被一个大婶抓住了："喂！小姑娘，你怎么不守规矩？没看见大家都在排队吗？"

一瞬间，所有人的目光都齐刷刷地汇聚在蓝小千身上。

"我不是来插队的！"蓝小千用力想抽出自己的胳膊，可大婶的臂力实在太可怕了，她完全不是对手。

最后，她只能奋力大喊："大家为什么相信这种事啊？这些东西都是骗人的！不就是忽悠人来骗钱吗？"

"原来居然是来捣乱的！"大婶愤愤不平地松开蓝小千的手臂，嫌弃地推了她一把，"星光大师可不是你这种小女生能诋毁的！"

"就是，不信就快走开吧！星光大师每天的名额都是限量的，不要挡道！"

"星光大师都是免费的，怎么可能骗人呢？"

"不懂就不要胡说！"

……

蓝小千怎么也没想到，自己的两句话居然能引起这么强烈的反响，愤怒的大婶们简直想要吃了她。

"本来就不可能是……"

她的话还没说完，明飞镜赶紧走过去，半推半拽地把她从星光馆的门前拉走："别说了！小千，再说就要挨揍了！"

蓝小千不甘心地回头："飞镜，你不会也相信这种东西吧？明明是骗人的，却有这么多人相信，里面一定有蹊跷！"

她才不信世界上真的有百分百灵验的事，等着瞧吧！

虽然很想立刻就揭穿星光馆的真面目，但蓝小千还是忍住了冲动。这次的对手是个叫"星光大师"的大活人，和冒险可不一样。星光大师有那么多拥护者，如果不认真准备，恐怕后果会很严重。

"找到了……就是你！"蓝小千在箱子里翻了很久，才找出一枚漂亮的红宝石胸针。

这可不是普通的宝石胸针，而是秦琪送给她的礼物，里面装了一个针孔摄像头。只要她偷偷混进星光馆，当面偷拍下那个大师胡说八道的模样，那些被蒙蔽的人一定会醒悟过来！

这几天，她一直把自己关在房间里，查找了很多相关资料，还看了很多所谓"大师"的介绍。

在蓝小千看来，这些所谓灵验的事，无非就是利用一些心理学上的知识，胡编乱造罢了。另外现在很多人喜欢用星座来解释性格，她觉得这个也很无聊。地球上有六十多亿人，星座却只有十二个，所以差不多好几亿人都是同一个星座，这些人的性格和人生都完全一致吗？

傻瓜才会相信呢！

"咚咚！"

蓝小千正想象着自己揭穿"星光大师"的情景，突然，一阵清脆的敲门声响起。

也不知怎么回事，蓝小千一瞬间有些紧张。

是洛青銮吗？

这些天，她一直躲着他，就是不知道该如何面对。

如果真是洛青銮……

蓝小千心情复杂地打开门，迎面而来的却是一大包零食，她不由得愣在原地。

随即，苏厥那张洋溢着笑容的漂亮脸庞从零食后面探了出来："小千，你都好几天没和我一起吃零食了——"苏厥说话的时候拖长了尾音，听起来可怜巴巴的。

蓝小千赶紧让他进来，心虚地解释着："对不起啊，我这几天一直在忙……"

"是要准备新的视频吗？"苏厥左右看了看，不客气地盘腿坐在了毛茸茸的白色地毯上，拆开零食的包装，"超辣味的薯片！你可千万别说你不吃！"

身为一个资深美食家，怎么可能不吃辣？

"给我留一点儿！"蓝小千丢下手里的胸针，两眼冒绿光地朝薯片扑了过去。

看着她恶狠狠地拿起一包薯片，用力抓起一把塞进嘴里，苏厥只觉得后背一凉："你一个女生，吃相怎么这么粗鲁？"

回答他的，是蓝小千一个大大的白眼。

其实，今天苏厥来找蓝小千，有很大一半原因是实在看不下去了。

这几天，九月樱花馆的气氛很奇怪。洛青銮动不动就发呆叹气，而蓝小千根本理都不想理睬他。

苏厥知道，蓝小千发现青銮删除了她的视频。可是，有什么了不起的？把他们的苦衷告诉她，道个歉不就行了？

"不行！"可没想到，青銮那家伙一听到他的计划，就大声反对，"我们是一百年前的人这件事，绝对不能让她知道。"

　　"为什么？"苏厥不服气地问，他本来可是准备直接把事实和盘托出的！

　　可没想到，青銮沉默了好一会儿才开口："你忘了吗？我们那个在暗处的敌人，还没有现身。这个时候，我们不能再把无辜的人拖下水了。这件事，知道的人越少越好。"

　　话都说到了这个份儿上了，就算苏厥再不满，也不能再说什么了。

　　可是现在看着蓝小千气呼呼的样子，他还是替洛青銮捏了一把冷汗。这么多年的朋友，他当然发现了洛青銮对蓝小千有一些特别的感情……可是，要让她回心转意，看来不是那么容易的事。

　　苏厥强迫自己不去看蓝小千猛塞零食的样子："你已经准备好了吗？需要我帮什么忙吗？"

　　"不用啦！我的准备绝对万无一失！"

　　什么大师？不就是看看客人的穿着打扮，然后连猜带蒙呗！这一次，蓝小千打算打扮成平时绝对不会尝试的风格——穿上满是蕾丝花边的淑女裙，再精心化个妆，看那个"星光大师"怎么猜！

　　"那……我就不打扰了。"干笑了两声后，苏厥留下零食，离开了蓝小千的房间。

　　他也是瞎操心，才会觉得蓝小千这样的女生需要安慰！

5

虽然觉得苏厥来得有点儿蹊跷，但是蓝小千现在没有时间去考虑这个。她在微博上预订了自己的直播时间，再过一个小时，就要开始了。

反正这次是偷拍，现在需要注意的问题只有一个——万一被人看穿，该怎么逃跑。

蓝小千看了看白色梳妆台上的天使猪闹钟，打开衣柜，把自己特地准备的"道具服"拿了出来：飘逸的白纱公主裙，蓬松的下摆像是可爱绵软的蛋糕，剪裁合身的纤细腰身上点缀着漂亮的珍珠，精致的蕾丝领口还装饰着天蓝色的丝带。

"早知道就不吃那么多了……"蓝小千深吸一口气，费尽九牛二虎之力才拉上拉链。她擦了擦额头上的汗珠，满意地看着镜子里自己的身影。

脚上蹬着银色的高跟凉鞋，头发特意卷成花苞状，镜子中的甜美小女生朝自己眨了眨眼睛，看起来和"假小子"蓝小千简直是两个人。

"很好。"蓝小千在胸口别上宝石胸针，满意地点了点头，拿起银色的手拿包，准备出门去星光馆。

刚走出房门，蓝小千就忍不住停住了脚步——洛青銮正抱着一堆书从她的门前路过。

九月樱花馆·
SEPTEMBER
SAKURA
APARTMENT
夜光少女季
THE SEASONS OF MOONLIGHT GIRLS

好几天不见，他看起来和平时没什么变化。

洛青銮深邃的褐色眼眸里闪过一道光，打量着蓝小千的盛装造型，忍不住开口问："你要出去？"

蓝小千一点儿也不想回答这个问题，转身进了电梯。

瞒着她做了那么过分的事情，现在还想装什么事都没发生？

看见蓝小千对自己不理不睬，洛青銮的心突然一沉，茫然失措，仿佛要失去什么重要的东西一样……

眼看着电梯门慢慢合拢，忽然，他猛地冲上前，用力挡住电梯门，完全顾不上手上的书散落一地："小千，有件事我想跟你道歉，关于……"

"我已经全都知道了。"蓝小千看着洛青銮脸上少有的慌乱神情，心里有种十分微妙的感觉，"我现在要去直播了。如果不想看我迟到的话，就什么都别说。"

亏她还那么信任他，跟他说了表姐的秘密……这些甚至连秦琪都不知道！

一股怒火从心底升起，蓝小千用力扯开洛青銮的手，再也不看他一下子变得惨白的脸，按下了电梯关门键。

星光馆门前仍然排着长队。蓝小千保持着完美的淑女姿态走了过去。周围有人朝她投来目光，她赶紧扯开嘴角，露出完美的笑容。

天知道，如果不是她的计划需要保持淑女形象，蓝小千现在连哭的心思都有了。这条裙子虽然好看，但不透气，热得她简直要窒息，后脚跟又被高跟鞋磨得火辣辣地疼，披散下来的头发被阳光晒得滚烫……好痛苦啊！这简直是自己牺牲最大的一次直播！

幸好她今天出门很早，排在队伍的前面。大约等了二十分钟，就已经快轮到她了。中途明飞镜还发来几条微信询问她在做什么。她简单地回复了一句"准备直播"，就关闭了微信提示功能。

星光馆的工作人员都打扮得像牧师一样，穿着黑色的长袍，胸前挂着银色的六芒星吊坠，表情十分严肃。

"好了，你进去吧。记住走路脚步要放轻，否则会打扰到'星光大师'冥想的。"

规矩还这么多。蓝小千暗地里在心里默念，迈开步子走进了这座奇怪的建筑。

出乎意料地，"星光大师"的房间并不是很大。她刚走进去，就看见一位穿着深蓝色镶水钻长袍的女人坐在长条桌后面。她看起来三十多岁，披散着浓密的长发，脸苍白得没有一点儿血色，耳朵和脖子都被长长的头发挡住了。

看见蓝小千进来，"星光大师"点了点头，指着对面的椅子让她坐下。

"您好，我……"蓝小千按了按胸口的胸针，没底气地说。这还是她第一次偷拍，忍不住有点儿心虚。

"星光大师"倒是一副淡然的样子。她开口了，声音十分低沉，语气严肃又坚决："把你的头抬起来，让我看看你的面相。"

蓝小千配合地抬起头，一边让"星光大师"看自己的面相，一边观察着室内的摆设——地上摆着一张长条桌，上面有许多古怪的工具和书籍；"星光大师"的身后是一堵墙，上面雕刻着各种楔形文字，给人神秘的感觉。

她还没打量完，就听见"星光大师"开口了，她的声音很轻柔，但喑哑难听。

"你不是本地人，不久之前才坐飞机来到这里，我说得对吗？"

什么？居然说对了？

蓝小千瞪大眼睛看着她。

看见她脸上惊讶的神情，"星光大师"微微一笑，继续用那种独特的嗓音低语："来到这里之后，你遇见了三个人：一个是你的好朋友，一个是喜欢的人，最后一个则是失散许久的儿时玩伴。但是，现在你正站在命运的岔路口，好朋友离开了这里，喜欢的人伤害了你……"

蓝小千的嘴巴张得老大，好像被一道我闪电劈中了。

喜欢的人？

第一时间，她的脑海中就浮现出了一张温柔俊美的脸，洛青銮那浅褐色的眸子仿佛富有魔力，能将人的心神牢牢吸住……

不，不对！她才不喜欢那家伙呢！

蓝小千的脑子里乱糟糟的，她很想用力一拍桌子，大吼"你说的什么东西"，却又不得不提醒自己现在可是带着偷拍摄像头来的，正在直播整个过程呢。

虽然不知道为什么这个"星光大师"居然能说对一些自己的近况，但蓝小千明白这背后的原因一定不简单。她不由得犹豫着要不要现在关掉胸针上的网络摄像头。

"难道你不想离开这个命运的岔路口，走到正确的方向上去吗？难道你不想帮助你的朋友找到失散的亲人吗？难道你不想和崇拜的人重归于好吗？"

来了，来了！

听到"星光大师"这么说，蓝小千立刻重新振奋起了精神。

这个星光馆真是有些邪门，听说这位奇怪的大师从来不收取任何费用，所以深受人们信任。但哪有不想赚钱的骗子？八成会假装成替人解忧的模样，高价卖护身符之类的。

"真的吗？"蓝小千忽闪着大眼睛，假装敬畏的样子，"大师！我想改变现状！有什么方法可以教给我吗？"

快！快点儿把你的骗术施展出来！

只要证明"星光大师"利用这个骗钱，今天的任务就算完成一半了。

"星光大师"坐直了身体，声音缓慢且缥缈地说："这个方法很简单，你只要在晴朗的夜晚，敞开家门，带领身边所有人去离家很远的山上，用心感受一夜星空的力量，恒星的光辉便会指引你找到真正的心灵深处的……"

"什么？"蓝小千简直不敢相信自己的耳朵！离开家？感受恒星的光辉？

"我……我不相信！你肯定隐瞒了什么！"她失控地站起身，大声怒吼道，"我一定会查出你的底细的！"

看着蓝小千愤怒的样子，"星光大师"的脸上却只有淡淡的微笑："这是自然的力量，你一定会相信的。什么时候你打算沿着星光的指引前进时，可以再打电话给我。"她递给蓝小千一张名片，"现在你可以走了。放心，我们的的确确是不收费的。"

此时此刻，网络上的评论几乎要爆炸了，几乎所有的观众都在吃惊地发着评论，绝大部分人都改变了对"星光大师"的看法。

"从刚刚的直播来看，这明明就是位隐士高人，不求回报地帮人。"

"是啊，看主播的样子，是恼羞成怒了吧，哈哈哈。"

"谁知道这个'星光大师'在哪里啊？我也想找她，现在坐飞机去C市还来得及吗？"

……

蓝小千咬咬牙，狠心切断了网络直播。

明明自己的目的是揭露骗局，结果怎么会变成给那人做了广告呢？

CHAPTER
# 05
# 第五章
神秘组织？盗窃团伙？

1

众目睽睽之下，两名工作人员几乎是连推带搡地把蓝小千"请"出了星光馆。虽然穿着牧师的长袍，但他们一点儿也不仁慈。

"我的包！"

蓝小千差点倒在草坪上，她转身朝里面大嚷，对方却连一句道歉都没有，直接把她的包丢了出来。

穿着高跟凉鞋和不便行动的公主裙，蓝小千深一脚浅一脚地走了过去，把自己的包捡起来。

看到她这副狼狈的样子，在门口排队的大婶们忍不住开始窃窃私语。

蓝小千顾不上去听她们究竟在说什么，赶紧掏出手机。

编辑已经打了好几个电话，最后还直接发了条信息过来。

"小千，'科学即是正义'的直播内容，绝对不能宣扬迷信！现在一定有人在评论中嘲笑你，我暂时关闭了评论。你千万要忍住自己的脾气，不要和别人吵架！"

蓝小千盯着信息看了足足一分钟，这才气鼓鼓地把手机收了起来。

为了揭穿星光馆的秘密，她可是做了十足的准备，可不知道是怎么回事，对方居然能猜中自己的情况，还那么轻而易举地激怒了自己，害自己在观众面前丢脸。

"绝对是骗人的！"

不管怎么样，这个梁子算是结下了！

蓝小千怒气冲冲地拍了拍身上的泥土，一瘸一拐地走到马路边，伸手拦了一辆出租车。

"去圣樱学院。"

坐上车后，司机大叔却迟迟没有发动，而是好奇地探头打量了一下星光馆外排队的人群："哎，小姑娘，我听说这里开了个什么……星光馆，里面的大师是位高人啊！你是刚刚见过她吗？传言是真还是假啊？"

"当然是骗人的！"蓝小千快被气死了。

司机发现她情绪不对劲，赶紧耸耸肩，踩下了油门。

蓝小千郁闷地坐在后座揉着自己的脚，渐渐冷静下来。

其实，这一次的失败，也算是一个教训。

不管"星光大师"是用什么方法得到人们的信息的，但她光是看别人一眼，就能说出对方家里的事，而且完全不收钱，这样会有很多人相信她也是理所当然的……就连自己刚刚不也上当了吗？

不过她说洛青銮，就是自己喜欢的人……

司机大叔正开车，一抬头从后视镜里看见蓝小千的脸色一会儿红，一会儿白，还以为她是结果不如意，忍不住开口安慰："小姑娘，不就是算命吗？她要是真什么都能算出来，那还当什么大师啊，直接给自己算个彩票大奖号码，不就行了？你也不要太相信了，人活着还是脚踏实地最重要。"

我也是这么觉得的啊！

蓝小千简直想要大吼出声，可现在最郁闷的是，她完全猜不到那个"星光大师"是怎么做到的。

她忍不住转过身，趴在出租车的靠背上，沮丧地抱怨："可问题就是，她说得实在太准了……怎么能那么准呢……"

司机大叔不明所以，但有人跟他说话，他也乐意一边开车一边侃大山："谁说得准呢？搞不好是用了什么高科技手段。现在科学那么发达，窃听、泄露信息啊之类的不是很容易吗？前些天我还看到新闻里说有些黑心公司会把客户的信息卖掉呢！比如我，昨天刚网购了一个汽车坐垫，今天就立马接到了五六个推销广告……"

司机大叔完全是个话痨，一旦打开了话匣子，就滔滔不绝地说了下去。

蓝小千偶尔漫不经心地随声附和一两句，忽然，她脑子里灵光一闪，忍不住抓住了前座的靠背："大叔，你刚刚说什么？"

"啊？"他茫然地回过神，"信息泄露啊……"

对了，就是这个！

蓝小千兴奋地一拍座椅："我知道了！"

司机大叔说得没错，现在的网络这么发达，每个人都有自己的邮箱、QQ……就算在家里上网，也难免留下痕迹。之前秦琪去找那个尹景伦帮忙查舒桦，不也是只靠一封邮件，就查到了舒桦在英国伦敦的地址吗？

　　等回到圣樱学院，蓝小千从出租车上下来之后，终于又重新恢复了斗志。既然自己笃定"星光大师"有问题，那么接下来，只要耐心查找，就肯定能找到对方的纰漏！

　　这次的失败，就当是总结经验好了！

　　"蓝小千，加油！"

　　阳光格外灿烂，路边的植物仿佛被晒蔫了一样，无精打采地低着头。园丁开着洒水车一路喷洒着晶莹的水柱。

　　蓝小千路过洒水车时，调皮的微风卷过来一阵清爽湿润的水汽，她用力地呼吸了一口温润的空气，快步朝九月樱花馆走去。

　　今天是圣樱学院的社团活动日，很多正在放暑假的学生都回来参加社团活动了。只不过，路过圣樱广场时，她隐约听见有人在议论自己。

　　"那个是不是蓝小千？专门做直播的那个女生？"

　　"好像是。她也是圣樱学院的学生吗？我听说她以前都是在宝光市那边活动的。"

　　"但是她之前的探险专辑是在C市拍的。听说里面的神秘美少年和我们

109

学校的洛青銮学长长得很像……"

"真的吗？那次视频我没有看到。我看了今天的星光馆直播，完全搞砸了，嘻嘻。微博上已经吵成一团了……"

……

听到这里，蓝小千心底涌出无尽的委屈。这么久以来，她一直觉得自己是站在正义的那一方，却没发现，原来，还有这么多人在她失败的时候等着看热闹！

为什么？为什么大家都喜欢在别人失败的时候说风凉话呢？


2


输入密码，打开九月樱花馆的防盗门，走上长长的台阶，蓝小千把铜制的钥匙插入锁孔，轻轻旋转了一下，装有自动开关的大门就缓慢地打开了。

樱花馆的大厅静悄悄的，一个人也没有，就连平时最喜欢躺在宽大的沙发上吃零食的苏厥也没了踪影。

蓝小千的脚步顿了顿，才走进去。她顺手关上门，关门声在整个大厅里回荡着。平时听起来很舒心的声音，今天却显得格外寂寥。

如同和明媚的阳光一起被关在了外面一般，蓝小千脸上的笑容也消失了。她想了又想，还是忍不住拿出手机登录微博。可没想到的是，自己的微博下面，已经有十几万条评论了！

匆匆扫了一眼，蓝小千发现这十几万条评论大部分都是在互相骂架。她平时的死对头"魔法少女"，甚至还带着粉丝亲自上阵。

"大家跟我一起，让蓝小千滚出直播界！"

"兴致勃勃地想要捉大师的小尾巴，结果却被对方从内到外看了个透，蓝小千，你真差劲！"

"总是说科学即是正义，我看这次正义也没站在你这方啊！"

……

虽然网络上还有一小部分人在努力地替她说话，可是这次直播失败是有目共睹的，不管粉丝们如何反驳，都会遭到反对的人的嘲笑。甚至，许多人还大声称赞起"星光大师"来，说她维护了魔法的尊严。

蓝小千的脚步沉重得像是灌了铅一般，她一步一步挪到沙发前，重重地坐了下去。

"唉……"

她用力捂住眼睛，娇小的身体靠在了松软的沙发上。

最近怎么就这么不顺利呢？

先是很受欢迎的"雾之家"视频被无缘无故地撤销，然后又是这一次揭露星光馆失败，明明自己已经很用心去准备了啊……

而且，只不过是一次失败，网络上就出现了那么多幸灾乐祸的评论，而且叫嚣得最厉害的，还是以前忠实的拥护者。

虽然决定重整旗鼓，而且也告诫自己不许灰心，但是这样的遭遇，还是让蓝小千的鼻子忍不住发酸。

"为什么呢……"

阳光好刺眼啊，照得她的眼睛好疼，视线渐渐地被泪水模糊了……

"你……哭了吗？"

突然，背后响起一个熟悉、温润的男声。

蓝小千吓了一跳，几乎是立刻从沙发上跳了起来。

"没……才没有！"

她慌慌张张地抹了抹眼睛，狠狠地瞪了身后的人一眼。

优雅如王子般的少年正站在沙发背后看着她。他穿着黑色的衬衫，衬托得脸庞更加白皙如玉。他的头发有点儿长了，覆在额前，微微遮住了那双深邃的眼睛。

不知道是不是自己的错觉，蓝小千隐约觉得，那双如同月光一样清澈的眼睛里似乎藏着一丝内疚。

明明自己进来的时候，一楼大厅没有人，洛青鸾又是从哪里冒出来的？

"你不要乱想。"她沉默了片刻，又补充道，"我只是有点儿犯困，所以打了个哈欠而已。"

看着她微红的眼眶和鼻尖，洛青鸾抿了抿薄薄的嘴唇，眼中掠过一丝心疼。他刚刚一直在书房，听到关门声才走出来，可没想到会看见她靠在客厅的沙发上，捂住嘴委屈地哭泣。微弱的呜咽声从指缝间传出来，就像是委屈的小兽，让人心痛极了。

那一瞬间，他全身上下所有的细胞都在大叫：告诉她！把事情的真相告诉她！陪她一起渡过难关！

洛青銮忍不住上前一步，伸出白皙的手，轻轻扶住沙发的靠背："小千，之前的事情你能听我解释吗？"

"没什么好解释的！"

蓝小千拎起沙发上的包，甚至不给洛青銮说话的机会，就倔强地转过身，直接跑进了电梯。

洛青銮微微张了张嘴，可看着像小鹿一样矫健逃走的蓝小千，最终还是颓然地缩回了手。

回到房间，蓝小千回想着洛青銮那受伤的模样，忍不住腹诽：明明一直受伤害的是自己才对！难道他以为，在做出了那样的事情之后，随便道个歉，就能让她大度地接受吗？

不过这会儿她已经不是很想哭了。她打开电脑，扫了一眼自己的粉丝数量，发现已经有两千多位粉丝取消了关注。

距离直播结束不过半个小时而已！

"算了，大不了不看！"她顺手刷新了一下评论界面，准备卸载微博，省得自己忍不住跟他们吵架。

可是在刷新之后，忽然，一个叫"洛水"的网友引起了蓝小千的注意。这个人在网络上一条一条反驳着之前嘲笑蓝小千的评论，语言犀利又幽默，一下子就压制住了对方的火力。

"哇！"

这么好的粉丝，一定要关注一下！

蓝小千有点儿感动地点进了对方的个人界面，却意外地发现，这个"洛水"，居然发了很多关于圣樱学院的照片。而且看得出来，他平时是一个热爱生活的人，总是分享很多艺术类的书籍。

"洛水……"

难道是自己认识的人？

想到这里，蓝小千的心中忽然一动。她想到了一个可能性，却又不敢确认，于是赶紧拿出手机，开始查看自己的电话联系人。

上一次，秦琪拜托尹景伦调查了舒桦的ID之后，她也顺便留下了尹景伦的联系方式，他还说过，有需要可以找他帮忙。

"喂……"

拨通电话后，对面很快传来一个弱弱的男声。尹景伦总是这样，连说起话来都没精打采的。

"尹学长，我是蓝小千……"

和对方寒暄了一番后，蓝小千直入主题，把"洛水"的微博页面发了过去，说明自己的委托——想要查到这个人的真实身份。

尹景伦一口答应下来："没问题，五分钟之后就告诉你。"

"谢谢学长！下次请你吃饭！"

"不用了……"尹景伦慢吞吞地又唠叨了几句，"你在樱花馆住得还习惯吗？住在几层？樱花馆离足球场很近的，会不会感觉太吵了？"

"没有，还好……呵呵。"蓝小千干笑了两声，有点儿不太习惯他问得这么详细。

她发现这个尹学长似乎对自己和樱花馆特别关注，而且之前，让自己搬到樱花馆的提议也是他说出来的。

难道他也想搬到樱花馆来住吗？

蓝小千摇了摇头，挂断了电话。


3


没过多久，尹景伦的短信就发了过来。

"'洛水'的IP地址正是九月樱花馆，和学校的上网账号对比，应该是洛青銮的微博ID。"

看着这条短信，蓝小千的心中像是打翻了五味瓶，说不出是什么滋味，只觉得矛盾极了。

洛青銮到底想做什么呢？如果不支持她的直播，又何必亲自帮她吵架？

可是如果支持她，又为什么把点击量第一的"雾之家"视频删除？

"啊啊啊！好复杂！"蓝小千抱着头，倒在床上翻滚了一会儿，又猛地坐起身来。

"蓝小千，别管了！"

她强迫自己不去想这么复杂的事。现在的麻烦还多得很，揭露星光馆真相的事刚有了头绪，还需要好好准备。而且她来到C市这么久，都没有给家人打电话报平安。还有秦琪到伦敦应该已经好几天了，这么久没有消息，她忍不住有些担心。

这个死丫头，一定是跟韩煜非一起玩得乐不思蜀，连个报平安的微信都没有！

把洛青銮的身影从脑海里驱赶出去后，蓝小千拍了拍脸颊，重新在笔记本电脑前坐了下来，开始写邮件……

第二天傍晚，蓝小千看着窗外已经慢慢暗下去的天色，决定再次行动。这次她已经想好了，既然正面进攻行不通，那就从侧面入手。

她早就调查清楚了，星光馆一直营业到晚上十点，因为那个什么"星光大师"崇尚星辰的力量，说是在夜晚能看见星空的时候，宇宙的磁场最强。

总而言之，不管这是什么垃圾理论，蓝小千已经想好了，要装扮成清洁工，借着月色，偷偷潜入，打探秘密。

九月樱花馆平时有专属的打扫阿姨，所以蓝小千轻而易举就借到了阿姨的制服。换上深蓝色的工作服，穿上橡胶靴，戴上一次性口罩，把长发束进鸭舌帽里，她看着镜子里全副武装的自己，满意地点点头。

　　"这下子，就算我妈来，也绝对认不出我！"

　　下楼之前，蓝小千还特地趴在栏杆上看了看，确定洛青銮并不在大厅里，这才揣上摄像机，离开了樱花馆。

　　不过，人算不如天算，刚走出电梯，她就看见两个高大的身影从厨房走了出来。洛青銮和苏厥一人捧着一杯咖啡，一边交谈着，一边朝客厅走去，看上去很悠闲。

　　千万不要发现我，千万不要叫住我……蓝小千默默在心里祈祷着，赶紧加快脚步，低下头朝门口走去。如果不是怕引起两人的注意，她简直想以百米冲刺的速度直接冲出门外！

　　"砰！"

　　然而，眼看着离大门只有一步之遥，身后居然传来咖啡杯打碎的声音。

　　蓝小千僵硬地停住脚步，觉得自己的心也和那个杯子一样，摔得粉碎。

　　自己怎么总是这么倒霉？这么关键的时候……哪个倒霉蛋，居然把杯子摔破了！不知道她现在装作没听到，还来不来得及？

　　"大婶，这边麻烦您打扫一下吧。"

　　来不及了！

　　蓝小千心情沉重地转过身，发现洛青銮正双臂环胸，看着地上四散的碎

片和泼得到处都是的咖啡。他那双温润的眼睛里闪烁着微光，神情无辜地看着她。

苏厥穿着柠檬黄家居服，心痛地抱紧了自己的小绵羊马克杯："阿洛，你怎么那么不小心？这可是我好不容易买到的限量咖啡豆……"

"对不起。"洛青銮干脆利落地打断了苏厥的碎碎念，后退了几步，看向"清洁大婶"："大婶，能帮忙打扫吗？"

蓝小千在心里狠狠翻了个白眼，瓮声瓮气地说："就来。"

谁让她现在扮演的就是清洁大婶呢？她只能认命地提起工具，从塑料桶里取出手套，准备蹲下捡起一地的瓷片。

蓝小千正认真地清理着，忽然，对面伸过来一白皙的手。她惊讶地抬起头，发现不知道什么时候，苏厥已经不见了，洛青銮居然弯下腰来，和自己一起打扫大厅里的咖啡渍。

咦？洛青銮这家伙，平时不是最爱干净了吗？怎么会突然良心发现？

怔忪间，蓝小千只觉得一股温暖的气息呼在自己的脸上。

看到她的眼神呆呆的，洛青銮忍不住轻笑一声，声音有些低沉，琥珀色的眸子还朝她眨了眨，一瞬间，她浑身都仿佛有电流闪过。

他……刚刚是在朝自己放电吗？

蓝小千目瞪口呆。

圣樱学院的男神，全民追捧的王子殿下，居然对着一个清洁大婶放电？

有病啊！

蓝小千默默低下头，努力不去理会洛青銮，专心收拾着地上的碎片。

见她没什么反应，洛青銮皱了皱眉，装作不经意地轻轻握了握她的手。

蓝小千的脸直发烫。喂，那么喜欢自己干活，为什么要叫她来整理啊！

她清了清嗓子，模仿清洁大婶的语气说道："你去忙吧，我自己收拾就行了。"

话音刚落，洛青銮那俊美的脸忽然僵住了，他不敢相信地盯着蓝小千看了一会儿，忽然猛地低下头，发出一阵爆笑。

"哈哈哈……"

这家伙居然在笑？

一瞬间，蓝小千明白了，洛青銮这家伙从一开始就认出了自己，所以才故意摔碎了咖啡杯！原来他一直都是在耍自己玩！

"洛青銮！"蓝小千站起身，愤怒地将手里的瓷片往垃圾桶里一扔，不顾身后洛青銮的阻拦，转身头也不回地冲出了樱花馆。


4


夏日的傍晚静谧而美好，徐徐吹过的轻风带着花朵的芬芳，柔柔地拂在人身上，把白日的烦躁和炎热都一扫而空。

因为耽误了一点时间，原本还挂在天边的斜阳已经落到了地平线以下，

只剩下玫瑰色的云彩将大地染成红色。

蓝小千却没有精力去欣赏夏日黄昏的优美景色。她加快脚步，手上拎着的扫把和塑料桶随着步伐有节奏地摇晃着。

顶着路人奇怪的目光，她带着一堆"道具"，打车来到了公园附近。这次，她打算从街心花园的后门进去，然后装成清理杂草的清洁大婶，悄悄接近星光馆没有人的那一面，偷听他们的秘密。

这样，就算被那些在前门排队的大婶发现，也可以争取时间逃跑！

"喵！"

一只可爱的小猫正在树荫下惬意地舔着小鱼干，突然，一个从头到脚都遮得严严实实的娇小人影拎着塑料桶从灌木丛中爬了出来，小猫立刻吓得高高跳起，浑身的毛都竖了起来。

凄厉地惨叫了两声之后，小猫甚至连小鱼干都丢下了，狂奔而去。

蓝小千满脸郁闷地看着远去的小猫。不过就是穿上了清洁大婶的工作服，外加戴上了口罩和帽子，有这么吓人吗？

蓝小千谨慎地在原地蹲了一会儿，确定四周没人，这才继续行动。她随便在地上拽了几把草，高举在头顶两侧，偷偷地靠近星光馆的后墙。

星光馆本就不大，锥形的房顶直直地指向天空，漆成深蓝色的墙壁摸上去竟然是木头质地的。蓝小千伸手摸了一把，简直心花怒放。

"太好了！木头的建筑，根本没办法隔音嘛！我只要静静地待在这里，就能听到里面在说什么了！"

蓝小千试探地把耳朵贴在了墙上，隐隐地，里面传来一个沧桑的男声："她叫黄金宝，有两个儿子，一个明年考大学……"

木质的墙壁很薄，她几乎不费什么力气，就能把里面的动静听得一清二楚。不过偷听了好一会儿，蓝小千还是一头雾水。

奇怪……屋子里的男人好像是在报一位大婶的资料，这位大婶想要测自己儿子的学业。

可是，"星光大师"明明是个女人啊！

难道……

忽然，蓝小千的脑海中浮现出那天自己走进门时，看到"星光大师"身后有一堵造型很奇怪的墙壁……她越想越觉得不对劲。难道说，那后面是一间暗室，"星光大师"在前面，而男人在后面告诉她信息？

"对！一定是这样！"

蓝小千忍不住激动起来。

她暗暗握紧了拳头。

不过……她低头看看自己胸口暗藏的摄像机。只是录到这些对话，完全不够。

想了想，蓝小千小心翼翼地把带过来的"道具"——塑料桶倒扣在地上，扶着墙壁慢慢地爬了上去，想要透过围墙看到里面的情景。

"什么啊……居然够不着。"

蓝小千失望地发现，以自己这一米五三的小身板，就算极力踮起脚，也还是差了一点点，根本看不见室内的情形。

"她的大儿子很会念书，相反，小儿子却沉迷于网络游戏。你可以从这个下手，让她带着全家出国旅游……"暗室中那个沧桑的男声还在断断续续地提示"星光大师"。

蓝小千咬了咬嘴唇，从口袋里掏出手机，打开照相功能，小心翼翼地举了起来。

这样，就能从镜头里看到里面的情形了吧？

蓝小千，你怎么这么聪明啊！

为自己的智慧沾沾自喜了一下后，蓝小千仰起头，努力地调整着手机的拍摄角度，直到镜头里映出一个穿着长袍的身影，她才按下了拍照键。

"咔嚓。"

糟糕！忘记关掉拍照声音了！

蓝小千愣了一下，立刻把手机揣回口袋，干脆利落地从塑料桶上跳了下来。

几乎是同时，星光馆的人也发现了外面有人在偷拍。刹那间，里面响起了大声的喝问："什么人？"

"快去后面看看，好像有人在偷拍照片！"

听到身后有急促的脚步声追过来，蓝小千慌张地左右张望了一下，就转身打算往灌木丛里跑。

然而，才跑了两步，腿短的她就被两名穿着黑色长袍，身高超过一米八的男人围住了。

"把手机交出来！"

"刚刚你鬼鬼祟祟地偷拍了什么？说，你是不是想对'星光大师'不利？"

现在说自己只是偶然路过，一个想要自拍留念的清洁工还来得及吗？蓝小千抓紧了手机，紧张地咽了口口水："我……我只是'星光大师'的粉丝，路过这里，打算和星光馆合个影而已，不要这么激动啊，大哥！"

"合影？"

两名工作人员长得都很高大，但一胖一瘦。蓝小千一眼就认出来，其中那个瘦子就是昨天恶狠狠地把自己的包丢出星光馆的那名工作人员。

此时此刻，他正瞪着那双三角眼，狐疑地上下打量着她。

而另一个，胖胖的，脸上挂着有点儿憨厚的笑容，看起来友好得多。他听了蓝小千的话，不自觉地就往后退了一步："二哥，就是个自拍的清洁大婶而已。马上就下班了，我先去订盒饭……"

"吃吃吃！就知道吃！"瘦高个凶狠地骂了两句，伸手来夺蓝小千的手机，"既然是自拍，那就把照片拿出来看看啊。只要你把照片拿出来，我立刻就放你走！"

照片……当然不能拿出来看啊！

想想自己刚刚拍到的奇怪黑袍男，蓝小千基本可以确定，如果拿出照片，自己绝对完了！搞不好还会被对方疯狂报复！

"真的只是自拍而已……"蓝小千一边努力躲闪着，一边用力地把塑料桶抱在面前，阻挡着瘦高个的动作。

"还不过来帮忙？快把她的手机抢下来！"瘦高个大声地对自己的同事吼道，随即牢牢地抓住了蓝小千手里的塑料桶。

眼看那两个人都朝自己扑了过来，蓝小千忍不住着急了。

这下怎么办？


5


"放开我！"

塑料桶已经被抢了过去，蓝小千拼命保护着自己的手机。

就在她下定决心，准备用力在瘦高个的手臂上咬一口，杀出一条血路时，忽然，原本恶狠狠拽住她的瘦高个被人狠狠地拉住了。

"你们赔我的古董花瓶！"一个看起来有些眼熟的大婶不知道从哪儿冒了出来，她拉着瘦高个，用力地放声哭喊，"我们家的花瓶可是有一千多年历史的古董啊！比我家的房子还要值钱！怎么能一下子就被盗了呢？你们还我的古董花瓶！"

“你这个大婶！”

大婶的战斗力无比惊人，被她用力一扯，瘦高个险些直接栽倒在地。

见情况不对，本来已经抓住蓝小千的胖子也赶紧过去帮忙，像一尊铁塔一般，挡在了大婶和瘦高个中间。

“你家花瓶丢了，应该去找警察啊，来找我们干什么？‘星光大师’可不帮忙找东西。”

虽然被两名工作人员拉扯着，但大婶的战斗力简直抵得上一百个蓝小千，不但一只手就牢牢地控制住了瘦高个，居然还有余力用另一只手把胖子推到了一边！

蓝小千目瞪口呆地看着哭喊着的大婶，忽然一个激灵，此时不跑，更待何时？见没有人注意到自己，她赶紧俯下身子，偷偷地钻进了灌木丛……

“快去追！刚刚那个偷拍的清洁大婶要跑了！”

瘦高个被大婶抓在手上，来回推搡，像是一只破风筝。而胖子的衣领也被大婶拽得紧紧的。两人虽然都看见蓝小千跑了，但没有一个人能及时地追上去。


街心花园里面的路灯都已经亮了，整片夜空都黑了下来，几颗调皮的星子悄悄地冒出了头。月亮还没有爬上来，昏黄的路灯只能勉强照亮路边的一小段距离，灌木丛里黑黢黢的。

多亏了身上深蓝色的清洁大婶制服，在幽深的夜里几乎看不见，两名工作人员被哭号着的大婶缠住，一时间还以为她已经跑了。

然而，蓝小千刚跳进灌木丛，发现没人看得见自己之后，逃跑的心思就缓了下来。

这个大婶出现得好蹊跷啊！自己不如偷偷躲起来，看看他们之间到底发生了什么事……

想了想，蓝小千躲在了一棵大树后，悄悄地露出一只眼睛，看着星光馆后面三人混战的一幕。

"晦气！"瘦高个怒气冲冲地甩开大婶的手，"你到底想干什么？你家里被偷了关我们什么事？去报警抓小偷啊，来星光馆撒什么野？"

"就是！"旁边的胖子附和着瘦高个大声喊道，趁大婶一个不注意，重重地把她推倒在地，"又不是我们偷的，你找我们干什么？"

瘦高个狠狠地瞪了一眼胖子："跟这个老太婆啰唆什么？星光馆现在已经打烊了，大师也走了，我们去锁门然后走人！"

"你们怎么能这么对我啊……"大婶坐在地上哭起来，"'星光大师'说我命里有血光之灾，让我带着全家去旅游，我旅游回来家里却被盗了！这样还不如让我遭血光之灾呢……"

大婶已经没有了刚刚的剽悍劲，坐在地上悲伤地哭着，一边大声地说着什么，一边用力地拍着脚下的草地。

一瘦一胖两个工作人员看也不看她一眼，径直从她身旁走过，很快就看不见人影了。

看见他们都离开了，蓝小千这才蹑手蹑脚地从灌木丛中爬出来。

"您快别哭了……"蓝小千用力地拉着大婶的手臂，把她从地上扶了起来，还从口袋里掏出纸巾给她擦脸。

大婶响亮地吸了两下鼻子，感激地说："大姐，谢谢你了！"

大姐……

蓝小千只觉得自己腿软了一下，任命地说："我扶你去那边长椅下面坐一坐。"

借着路灯的光芒，蓝小千扶着大婶在长椅上坐下。仔细一看才发现，这个哭得很惨的大婶，居然就是那天带头围攻她的人！

她不是"星光大师"忠诚的拥趸吗？

还记得第一次路过星光馆时，自己劝说大家不要相信这种迷信活动，还是这位大婶挺身而出，第一个反驳她的。可这才几天工夫，大婶就沦落到了这种境地。

大概是真的凄惨，不等蓝小千开口询问，大婶就主动拉着她的手讲起了自己的故事。

原来，那天大婶排队见到了"星光大师"，大师果然法力深厚，准确地说出了大婶家里每一位成员的情况以及经济状况，就连她儿子马上要考研这件事都知道。

"但是我儿子原本成绩不太好，对自己没什么信心，再加上最近天气太

热，家里好几个老人都生病了，我一时鬼迷心窍，就求'星光大师'想个办法，替我家去去晦气。"

说到这里，大婶忍不住又哭了起来，声音里带着无尽的后悔。

"'星光大师'告诉我，只要我带着全家一起出趟远门，到一个清凉湿润、傍山环水的地方度几天假，就能够让全家的运势好起来……所以，我就报了个海南五天四晚游览团。结果，我家老头子的气管炎果然没那么严重了，咳嗽也不那么厉害了……我当时特别高兴，觉得'星光大师'简直太灵验了！"

蓝小千的头上淌下几滴冷汗。温暖湿润的地方本来就会改善气管炎的症状，难道这不是常识吗？

说着说着，大婶又哭了起来："可是我一回来，就发现家里遭贼了！那些该死的贼，把我们全家里里外外偷了个精光！我们家祖传的古董花瓶啊……'星光大师'明明说出去一趟，运气就会变好，怎么会被偷呢？"

蓝小千轻声安抚着倒霉的大婶，摸了摸下巴。她看了看不远处星光馆的剪影。那锥形的建筑在夜幕下显得越发神秘，仿佛隐藏着什么不为人知的秘密。

一出门旅游就遭贼？

看起来，这件事的蹊跷之处，可不只是宣扬迷信这一条啊！

CHAPTER

# 06

# 第六章

神秘的黑衣人

1

把哭哭啼啼的大婶送上公交车后，蓝小千沿着大路慢慢往回走。

天已经黑透了，月亮也不知道什么时候悄悄地爬了上来，可是街上的人仍然很多，许多人围在露天烧烤摊旁，边吃边兴奋地聊着天。

虽然还穿着清洁大婶的制服，但走过烧烤摊时，蓝小千也忍不住摸了摸饿得"咕咕"叫的肚子，然后买了两串烤肉，一边走一边小口小口地吃着。

烤牛肉串又香又辣，蓝小千咀嚼着弹牙的牛肉，忍不住舒服地长出一口气："呼……好好吃。"

今天又是爬灌木丛，又是被工作人员当场逮住，看起来有些辛苦，但收获也是巨大的。

她终于知道"星光大师"的目的是什么了！

蓝小千曾经听人说过，现在的盗贼几乎都是团伙作案。她很是怀疑，星光馆就是一个这样的犯罪团伙。不知道他们用了什么方法，知道了这些人的信息，然后利用他们对星光大师的崇拜，把他们骗出门，这样一来，他们就有充裕的事时间实施盗窃了……

蓝小千仔细询问了大婶，特别是听说除了她以外，还有好几户家里也遭贼了，不由得更加确定了自己心中的猜想。

说起来"星光大师"这群人，比那些编造谎话骗钱的骗子还可恶！

之前"星光大师"曾经说过，让她晚上带着朋友们去看星星。对方既然知道她现在正住在九月樱花馆，如果她真的去"接受星光的祝福"的话，相信要不了多久，整个樱花馆就会被人偷得精光！

不过，只要她提前报警……

蓝小千在心里想着对策，不知不觉间，竟然徒步走回了圣樱学院。

夜晚的校园和白天时截然不同，就算是社团活动日，学生们到了晚上都回了家，整个学院空荡荡的，放眼望去，唯一亮着灯的建筑就是樱花馆了。

路边的路灯虽然都亮着，但这样空旷的校园还是让蓝小千感觉到有一点害怕。她迅速地跑上了台阶，掏出钥匙插入精致的铜锁。不等她扭开门锁，大门就一下子朝里打开了。

"啊！"

蓝小千吓了一跳，下意识地往后跳了一步，这才发现，一个熟悉高大身影站在自己面前。他正睁着那双温柔的浅褐色眼睛，担忧地看着她。

洛青銮的心情夹杂了担心、生气，还有一丝好笑——因为晚上的各种事情，蓝小千的帽子早就不知道掉到哪里去了，头上沾了好多片草叶，口罩上也黑一块灰一块的。如果不是知道只有秦琪和蓝小千这两个女生才有樱花馆

的钥匙，他八成也认不出这个一身狼狈的人就是蓝小千。

蓝小千不知道自己的形象现在看起来很好笑，她只是扫视了一眼洛青銮那张脸，又迅速地移开了目光。

不愧是靠着一副混血面容迷倒圣樱学院万千少女的人，就连这么扭曲的表情出现在他那张轮廓深邃的俊脸上都显得无比帅气。

"你去哪儿了？手机怎么关机了？现在都已经快九点钟了。"像是要掩饰什么一般，说完这几句，洛青銮又飞快地补充了一句，"小琪临走前特地嘱咐我，一定要照顾好你。"

蓝小千从鼻子里发出"哼"的一声，拎起塑料桶准备从洛青銮的身边挤过去。

刚走了一步，蓝小千就停了下来——她突然想起，如果要征用樱花馆来做诱饵"钓鱼"的话，至少要征得洛青銮和苏厥的同意才行。苏厥那个家伙，只要随便用点零食收买就行了，但是洛青銮的话……

蓝小千抬起头，强忍着心底的郁闷开口："我有点儿事情想跟你说。"

"好。"说完，洛青銮从门口退开。

蓝小千走进大厅，板着脸深吸一口气。她突然不想看洛青銮的脸，生怕自己会沉浸在他那温暖的眼神中。

"我有一件事要使用樱花馆，想征得你的允许。"

听到蓝小千的请求，洛青銮说不清自己心里是开心还是酸楚……他有一点高兴，因为她并没有质问自己的秘密；可是高兴过后又有点儿失望，他想起刚刚相识蓝小千的时候，他们两人一直都很合拍，相处起来非常愉快，可是现在……

蓝小千不知道他在想什么，继续解释起来："我最近发现了一个很古怪的星光馆……"

她告诉了洛青銮自己今天的收获以及对星光馆的怀疑，心里隐隐有点儿激动。只要洛青銮同意拿樱花馆做诱饵，她就能彻底扳回败局了。想到当初他还在网上那么积极地维护自己，一定不会拒绝吧？

然而听完她的计划，洛青銮却没有第一时间答应，而是蹙起了好看的眉毛，露出为难的神色。

蓝小千的计划的确很不错，她想假装相信"星光大师"，然后利用豪华的樱花馆作为诱饵，引诱那些小偷过来，然后再由埋伏在馆里的警察出马，将他们一网打尽。

但是……她并不知道他们三人的秘密。不管怎么说，自己是绝对不能冒任何危险，让警察进入樱花馆的。

"到那个时候，我就举起摄影机藏在一边，把他们狼狈的样子全录下来，哈哈……"

他闭了闭眼睛，艰难地打断了蓝小千的话："不行。"

蓝小千脸上的笑容僵住了。她不知所措地看着他，过了好久才不甘心地问："为什么不行啊？我们只是把樱花馆暂时借出去而已……"

洛青銮觉得自己刚刚的语气似乎太过冰冷，不由得向前走了一步，扶住

了她的肩膀："小千，真的十分抱歉。樱花馆是绝对不能让警察进来的，我和小厥，还有煜非，其实……"

他深深地看着蓝小千的眼睛，准备说出自己的秘密……

"别说了！"然而，蓝小千却一把挥开他的手，气得双颊通红。

她狠狠地瞪了他一眼，头也不回地朝电梯跑去："我什么都不想听！以后无论发生什么事，我都不会再找你帮忙了！"

蓝小千一口气跑进了电梯，按下四楼的按钮，然后靠在冰冷的电梯壁上，生气地握紧了双拳。

可恶，小气！

不就是看不起我的直播吗？就算不用樱花馆做诱饵，她也一样能拿到足够的证据！

2

寂静的夜晚，只有高高挂在树梢的月亮投下皎洁的光芒。微风徐徐拂过，吹动树叶，发出"沙沙"的响声。

"啊啊啊！睡不着！"蓝小千在床上辗转反侧，可还是一点儿睡意都没，"都怪那个洛青鎏，害我又要重新制订计划！"

不能用樱花馆做诱饵，事情就不那么好办了。

蓝小千双闭环抱在胸前，看着米白色的天花板，忍不住发起呆来。

如果不能直接抓到盗窃团伙现场犯罪的证据，那要怎样才能证明星光馆其实是一个这么邪恶的组织呢？

对了！那张照片还没看呢！

蓝小千突然想起来之前自己偷偷地拍下了一张星光馆内部暗室的照片。因为被工作人员发现，她只是匆匆瞥了一眼，并没有具体看清到底拍下了什么。

蓝小千拿起手机，翻到了那张照片，不由得失望地叹了口气："什么嘛……根本没拍到重点啊。"

可能因为当时已经是傍晚，光线太昏暗，照片上只能勉勉强强地看到一个穿着黑袍的男人背对着镜头，正聚精会神地拿着笔记本电脑查着什么东西，却完全看不清电脑上显示的内容。

这张照片肯定是不行的，她得想办法弄到视频证据才行！

她灵机一动，忽然想起，秦琪之前给自己做宝石胸针摄像头的时候，还顺便给了自己一把实验室的钥匙，告诉自己那些她发明的器材都可以随便用。

想到这里，蓝小千连一分钟也等不了，立马从床上爬了起来。

看来今天晚上注定是一个难眠之夜。

九月樱花馆·
SEPTEMBER SAKURA APARTMENT
夜光少女季
THE SEASONS OF MOONLIGHT GIRLS

秦琪的实验室里，简直是无比凌乱。巨大的电磁铁和银灰色遥控飞机摆在一起，组装好的船模和许多工具堆在同一个整理箱中，一堆不知道究竟有什么功能的摄像头被随意地装在塑料袋里，旁边还摆放着一台类似老式电脑显示器的东西。

"就是这个！"

这个东西看起来很笨重，但其实功能很厉害，不但能够实时接受偷拍摄像头的无线信号，还能控制摄像头左右摆动，并且对视频做剪辑处理。

不过……

蓝小千看着监视器上面贴着的字条，读了出来："有效距离十米远。"

十米啊……

星光馆是搭建在街心公园里的，附近别说什么建筑，甚至连一间报亭都没有。如果监控距离只有十米远，那么她就只能藏在灌木丛里了。

为了获得有效证据，她必须在白天星光馆正常营业的时候去监视才行，这样的话……蓝小千突然想起来，自己为了伪装，之前还准备了一套野外训练用的迷彩服。如果穿上迷彩服，再把监视器放在树后，就应该就能够很好地隐藏自己了吧？

"就这么做！"

她吃力地把监视器和配套的摄像头窃听器搬出门，准备运回自己的房间，可才走出两步，苏厥那张总是笑嘻嘻的可爱娃娃脸就冒了出来："小千，你在干吗……这是什么，电视吗？"

"才不是！"蓝小千得意地摇摇头，举起手中的窃听器和摄像头，"我是想要去偷拍星光馆，看他们究竟是怎么搞鬼的。"

"你还没放弃啊……"

苏厥对蓝小千的直播事业并没有什么兴趣，不过，他也听说了上次她失败的事。毕竟，阿洛那个家伙天天抱着电脑和攻击蓝小千的人吵架，还拉着自己一起上阵，这让他就算想装不知道也很难。

蓝小千没听出苏厥语气中的郁闷，兴奋地向他宣布自己的重大发现："我今天终于知道他们为什么会免费了，他们居然是个盗窃团伙！"

"什么？"苏厥瞪大了琥珀般清澈的眼睛，显然吃了一惊，"盗窃团伙？"

看到苏厥终于不再是一副漠不关心的样子，蓝小千又愤慨地把事情的前因后果讲了一遍。

"太可恨了……"苏厥帮蓝小千把监视器搬到房间。

一开始，他还只把蓝小千的直播当成是女生的虚荣心作祟，可到了现在，他终于抛掉了之前的成见，由衷地称赞道："小千，你真的很厉害，很了不起！"

"那当然！"蓝小千扬起一个灿烂的笑容，顺手往苏厥怀里塞了一包曲奇饼，"明天我要早早起床，然后去装监视设备。你就乖乖在家等着庆祝我

Chapter
06
第六章
神秘的黑衣人

137

的成功吧！"

"可是……"苏厥摸了摸光洁的下巴，少有地开始担忧，"会不会有危险啊？那可是犯罪团伙……如果真的被发现了，你一定会遭到报复的！"

这个问题……蓝小千倒是真没想过。

不过，想来也是，昨天她去偷偷拍照片，虽然最后没有被捉住，可是也已经被两个工作人员发现了……对方会不会加强保卫措施呢？

她倒是不担心摄像头和窃听器被发现，秦琪发明的科技产品都很厉害，就像变色龙一样，贴在墙上会慢慢变成跟墙壁一样的颜色，窃听器更是可以直接贴在墙外接收里面的信号。

"应该不会被发现吧……我会成功的！"蓝小千自言自语了一句，握紧拳头，给自己打气。

"可是……"苏厥有点儿迟疑。

对了！他可以把这件事告诉阿洛啊！阿洛的功夫很厉害，还是西洋剑选手，让他去保护小千，自己就可以放心了！

3

第二天清晨，天边刚刚浮现出珍珠般的白色，蓝小千就带着各种设备上路了。

黎明的微风十分清凉。昨夜下了一阵小雨，虽然地面已经干了，但空气中还残留着一丝花草的清新气息。公园里几乎没有什么人，现在实在是太早了，连早起锻炼的人都还没出门呢。

"很好，才六点钟。"蓝小千来到星光馆的后墙边，看着空无一人的街心花园，松了口气。

她小心翼翼安装好窃听器和摄像头，然后在灌木丛后面找到了一块十分隐蔽的地方，铺好提前准备的塑料布，就坐在地上抱着监视器开始试验。

只要使用监视器上的操纵杆，就可以控制摄像头上下左右地来回摇动，而且能自由地放大和缩小画面。有这样的功能，她就不怕看不到拍到的究竟是什么内容了。

"哇……不愧是小琪！一切准备就绪！接下来只要等星光馆开门就可以了！"

星光馆开门也很早，因此，很多人都把"星光大师"看成了活菩萨——不收钱，算得准，还这么勤快！

几乎刚到七点，星光馆门前就排起了长长的队伍。没过一会儿，那个眼熟的黑袍男人也早早地到达星光馆。

看着他鬼鬼祟祟地穿过人群，走进那间可疑的暗室，蓝小千三口两口把手中的面包咽了下去，专心致志地盯着监视器中的画面。

这次她一定不能放过每个细节，不光要把他怎么作弊的证据拍到，还要拍到星光馆和盗窃团伙有联系的直接证据。不然，晚一天报警，恐怕就会有

更多人蒙受损失。

看着他熟练地打开笔记本电脑，蓝小千赶紧操纵摄像头缓慢地移动，放大画面仔细看。原来，他直接打开了一个QQ聊天框。和他聊天的，是一个备注为"个人信息贩卖"的人。

信息贩卖？

蓝小千感觉一阵莫名其妙，忽然，那个出租车司机大叔的声音浮现在脑海里。

"现在科学那么发达，窃听啊、泄露信息啊……不是很容易吗？前些天我还看到新闻里说有些黑心公司会把客户的信息卖掉呢！比如我，昨天刚网购了一个汽车坐垫，今天就立马接到了五六个推销广告……"

她明白了！

原来，"星光大师"知道的信息，都是在网络上找那些黑心公司买的！

"居然是这样……"

蓝小千内心还处于极大的震惊中，第一个排队入场的女生已经进入了星光馆。她赶紧打起精神，全神贯注地开始监视。

刚刚还坐在电脑前的男人飞快地操作着电脑，利用暗处的摄像头拍了一张照片，然后迅速地发给了QQ上的"个人信息贩卖"。

"大师，我可是特地从邻市赶过来的，听说您算得非常准，所以就想来让您给我看看，我想知道自己的姻缘……"

一个十分年轻的女声响起，隐隐带着期待，虔诚地和"星光大师"讲述着自己的事。

"星光大师"完全没打断她，甚至亲自给她倒了一杯水。

年轻女生受宠若惊，可是她完全不知道，"星光大师"之所以这么客气，其实是在拖延时间，等待着自己身后的"高手"把她的资料都查出来，才能开始。

闲聊了大概五分钟，"个人信息贩卖"就迅速把一堆资料发了过来。黑袍男人抓起一旁的无线麦克风开始念："麦小白，24岁，双鱼座，刚刚和相处七年的男朋友分手……"

听着耳机里的声音，"星光大师"赶紧摆出一脸高深莫测的表情，拖长音调说道："双鱼座往往是最多情又最重视爱情的，在结束一段漫长的恋爱之后，心情往往会掉进低谷。"

"天啊！大师！你居然能算出我刚失恋！没错，我的确心情很差，而且来之前还在网上发了很多帖子求助网友，却没一个人能帮我！"

看着整个过程，蓝小千简直想此刻就冲过去拆穿骗局。

这位小姐，八成他们是在网上找到了你发的帖子，再进行人肉搜索……

"今天拿到证据，我一定要马上去报警！绝不能再让这伙骗子嚣张下去了！"蓝小千攥紧拳头，义愤填膺地说。

从清晨一直到中午时分，星光馆已经接待了十几个客人。只不过，让蓝小千有些沮丧的是，黑袍男人一直没提到关于入室盗窃的事。

大概是因为，前面遇到的客人都来自外地，他们不好动手吧。不过这样

的话，就算抓到了他们占卜作弊的证据，警察也不会重视啊……

蓝小千正沮丧着，突然，暗室里的黑袍男人拿起了一旁的手机，似乎有电话打了进来。他先传话让"星光大师"以午休为借口暂时停止，然后才接起电话。

"喂？"

蓝小千想，秦琪真是自己见过最有科技天赋的人，她发明的窃听器居然厉害到可以直接隔着墙壁偷听到别人打电话的内容。

"之前我们的约定，还没有实现吗？现在韩煜非不在，正是好时机。你们不是说一定能把目标从九月樱花馆调出去？"

九月樱花馆？

听到这个熟悉的词，蓝小千先是有一瞬间的迷惑，明白过来后，她吓得连心脏都差点漏跳了一拍。

九月樱花馆！这些人的下一个目标，居然是九月樱花馆！

亏自己还傻兮兮地等在这儿想找出受害者，原来自己早就被人盯上了！他们甚至还知道韩煜非不在。看起来，根本就是早有预谋！

可是……

电话那头的人，到底是谁？

到底是谁，要对九月樱花馆不利？

4

黑袍男人解释了几句，电话那头的神秘人却不耐烦地打断了他的话："韩煜非的身手很厉害，等他回来，就基本上没机会了。我给了你们那么多钱，不管怎么做，都要看到效果！"

蓝小千心中掀起了惊涛骇浪。虽然明知对方不会发现自己，但她还是忍不住屏住了呼吸……

窃听器里传来的声音冰冷而生硬，听起来像是通过变声器发出的一般，根本就认不出是谁。

她甚至开始怀疑，这个人……是不是洛青鸾他们的熟人？要不然，他怎么会对九月樱花馆的情况了如指掌？

"我们很认真地照你说的办了，但是人家不听有什么办法？你找的那个什么蓝小千，她可是在网上专门揭穿迷信和魔法真相的主播，怎么可能那么轻易就相信我们？"

电话另一端的人沉默了一会儿，似乎在思考什么，过了一会儿才继续说："蓝小千这个女生，和一般人不同，她不会因为一次失败就放弃的。她不是有个变成傻子的表姐吗？等她下次再来，你们就告诉她，如果她不带着九月樱花馆的人一起离开，她的傻子表姐就会有血光之灾。"

什么？

蓝小千猛地瞪大了眼睛，胸口猛地腾起熊熊怒火，居然想利用表姐！

说真的，听到这种卑鄙无耻的话，蓝小千简直要忍不住直接冲出去。表姐是她心中最亲近、最珍贵的人，这些骗子、强盗！居然敢把坏主意打到表姐身上！

"蓝小千……冷静，冷静一点儿！你还没听到他的目的……"

深深地吸了一口气后，蓝小千勉强自己冷静下来，聚精会神地竖起耳朵，不敢错过一丝一毫的信息。

电话里的声音阴森森的，带着一丝威胁："我一定要拿到樱花馆里的东西。所以，这周末之前，你们最好尽快把东西偷出来！不然剩下的钱免谈！"

很显然，他许诺了黑袍男人一大笔钱。

黑袍男人唯唯诺诺地答应道："是，是，我们一定尽力……"

把东西偷出来？

听到这个，蓝小千忍不住弯了弯嘴角，终于录到了证据！

老虎不发威，还真当我是病猫！


半小时后——

蓝小千紧张地盯着监视器的屏幕，她刚刚把录到的视频下载到随身硬盘中，打算多留几份，免得被人发现。

"大功告成！"

她小心翼翼地站起身，准备带着东西撤退。可是不知道为什么，腿上传来一阵无法抑制的酥麻酸痒的感觉。她奇怪地低下头看了一眼，忍不住爆发出一阵尖叫。

"啊啊啊！"

天啊！她的腿上居然……居然有一条毛毛虫！

毛毛虫肥肥的、胖胖的，有手指那么长，在阳光下懒洋洋地舒展着身体，沿着她的腿缓缓蠕动着……

不行不行！她最怕毛毛虫了，软趴趴的，好恶心！

蓝小千只觉得"啪"的一声，脑海中一根名为理智的弦瞬间绷断。她一边尖叫着，一边疯狂地从灌木丛中跳了出去。

"啊，走开！走开！"

好不容易甩掉毛毛虫，蓝小千忽然意识到好像有哪里不对劲……对了！监视器还在工作状态呢，这样一定会被发现的！

可是，要回去，已经来不及了。

她刚刚的尖叫声不光惊动了暗室里的黑袍男人，而且才一会儿的工夫，前门就有五六个壮汉气势汹汹地冲了过来。

昨天明明才两个工作人员而已，想不到今天一下子增加了这么多！

"怎么会这样……"

蓝小千顿时愣在原地。

这么多人左右包抄，她就算插上翅膀也逃不掉啊！可是，她身上还带着证据视频呢。

"傻站着干什么？快跑！"

正呆愣着，忽然，不远处的灌木丛里跃出一个高大的身影。他穿着一件黑色T恤衫，戴着厚厚的口罩，棒球帽压得低低的，遮住了眼睛，只能从宽阔的肩膀和窄瘦的腰身看出来是个男生。

他用力推了一把蓝小千，刻意地压低声音："往那边跑！"

男生的手白皙修长、骨节分明，他接近的时候，空气中飘来一缕淡淡的青草芬芳。

蓝小千跟跟跄跄地朝右边的空地退了几步，不敢相信地回过头。

"你是……"

虽然他的脸遮得严严实实，但隐约中，她觉得这个身影很熟悉。

可是，不应该啊……自己今天的行动，照道理来说只有苏厥知道，可他明明比苏厥要高……

犹豫间，星光馆的人已经追了上来，有几个手里还拿着棒球棍。

男生主动跨出一步，挡在蓝小千面前，伸手拦下一位大汉高高挥起的棒球棍。

"还不快走？"

他的声音无比严厉，让蓝小千猛地回过神来。

蓝小千摸了摸口袋里的移动硬盘，狠狠咬了咬牙，转身朝他指的方向逃去。紧接着，背后传来打斗声，还夹杂着几声惨叫。蓝小千加快了脚步，连回头看一下都不敢。

蓝小千，快逃！逃出去报警！

虽然知道就这样丢下他，独自一人逃走是最好的选择，要不然以自己的战斗力，对方一定会被拖累，而且好不容易拿到的证据也会保不住，但蓝小千还是觉得自己的眼角发起热来，鼻子好像被什么东西堵住了，胸口涌出一股热流。

到底是谁，会在关键时刻跳出来保护自己？

果然，那个男生指的路没有错。

这是一条她从来没走过的小路，路上铺着鹅卵石，两边种满了茂密的灌木丛。如果不是很熟悉这里，肯定无法发现这条路，毕竟这些不知道什么品种的灌木枝条上还长着长长的刺，通常不会有人经过。

跑了不知道多久，像是一分钟，又像是一小时，蓝小千突然听到身后有脚步声追上来了！

"站住！"

追上来的人的声音沧桑暗哑，她一下子就认了出来，居然是暗室里那个打电话的黑袍男人！

"又是你……"他大口大口地喘着气，恶狠狠地追赶着蓝小千，"别以为换身衣服我就认不出来了，昨天那个假扮成清洁大婶的人，也是你吧！快

把你偷拍的视频交出来！"

快要被追上了！

蓝小千强忍着害怕，迈开两条腿拼命逃。风声在耳边"呼呼"地刮过，身后男人的声音也越来越近。

"别以为有帮手，你就能跑得了！虽然他很厉害，但也招架不住那么多人的围攻！你还是乖乖……"

明知道不应该回头，可是听到那个男生的消息，蓝小千还是忍不住了。

是自己无情地扔下了他，他才会陷入危险！

CHAPTER
07
第七章
令人捉摸不定的明飞镜

1

蓝小千的体能很不错，短短几分钟，她就逃出了很远，崎岖的小路也几乎到了尽头，眼看着就要跑出街心花园的范围。

如果逃到人来人往的马路上，那要抓到她就更难了。

黑袍男人虽然表面上很嚣张，但心里其实很着急。刚刚蓝小千跑得急，把监视器留在了原地。他匆匆看了一眼，发现这个小女生居然搞到了对星光馆不利的证据！如果被她交给警察，自己一伙人就完了！

眼看着追兵近在咫尺，蓝小千心中一慌，一时不注意，脚下绊到了一颗鹅卵石，顿时失去了平衡，摔倒在地。

"啊！"

"把东西给我！"

黑袍男人露出狂喜的神色，拦在蓝小千面前，随手从地上捡起一块大石头，威胁地举高："快点儿！"

"我……我没有！"蓝小千坐在地上，眼看着他的阴影笼罩在自己头顶，还是死不承认，"你再过来，我就叫救命了！"

"居然还嘴硬！"

黑袍男人的眼中露出一抹凶光，举起石头就要往下砸！

"啊！救命！"蓝小千忍不住尖叫起来。

正在这个时候，一抹黑影从黑袍男人身后的树荫中冲了出来，黑色T恤衫、口罩、鸭舌帽……居然是刚刚那个男生！他手里不知道什么时候多了一根棒球棍。

眼看着蓝小千要受到伤害，他毫不留情地挥起棒球棍，"砰"的一声把黑袍男人敲晕了。

"小千，你没事吧？"

黑袍男人重重地倒在了地上，男生扔下手里的棒球棍，大步流星地走了过来。他主动拉下了口罩，把脸暴露在阳光下，让蓝小千吃了一惊。

"飞镜？你怎么在这儿？"

明飞镜英俊的脸上闪过一丝阴霾，他走过来扶起蓝小千："我来公园运动，正好遇到你，所以特地来帮忙。"

"谢天谢地，要是没有你，我真不知道怎么办才好……"蓝小千感激极了。

想到刚刚的凶险景象，蓝小千又不放心地拉住他的衣袖，上下打量着："你没有受伤吧？我听说那几个围攻你的人都很厉害！"

"我没事……"他含糊不清地回答了一声，反手拉住蓝小千，"这里还不安全，我们快走吧！我骑了脚踏车过来，直接载你走！"

"送我去警察局，我要先去报案！"

九月樱花馆·

SEPTEMBER
SAKURA
APARTMENT

夜光少女季
THE SEASONS OF MOONLIGHT GIRLS

蓝小千坚定地宣布了自己的目的地，就坐上了明飞镜脚踏车的后座。就在环住他的腰的一瞬间，一阵淡淡的肥皂香味传来。

这让蓝小千的心里感受到了一丝异样。

奇怪，是自己的错觉吗？为什么她总觉得，好像有哪里不太对劲呢？

迎着夏日暖暖的风，明飞镜载着蓝小千缓缓驶向远方。

然而，就在他们离开不久，一位戴着棒球帽，和明飞镜穿着一模一样黑色T恤衫的少年踉踉跄跄地从小路跑了出来。他的身上全是各种各样的伤口，一只手用力捂着右臂。指缝间，还不断地往下淌着鲜血。

少年跑了两步，终于无力地倒在了马路上。

路过的年轻女生被吓了一跳，过去摇了摇他，赶紧拿出电话叫救护车："喂！是医院吗？我发现了一个受伤很严重的少年……"


蓝小千对在街心花园发生的事情一无所知，她和明飞镜一起，把收集到的证据交给了警察，举报了坑蒙拐骗的邪恶组织星光馆。

"不过，以后可不能再这么做了！盗窃团伙可是很凶残的，你要注意保护好自己，千万不能以身涉险！"

面对警察大叔的教育，蓝小千只是吐了吐舌头，她还要赶着回去把视频发到网络上呢！

和明飞镜道别后，她匆匆回到九月樱花馆，把自己录制的视频配上文字说明，发到了微博和"浣熊TV"上，还配了个"惊天大揭秘！害人不浅的星光馆"的醒目标题，不怕没人来看。

哼，这次终于能一雪前耻了！她倒要看看"魔法少女"和那群执着于迷信活动的人，要怎么反驳自己！

做完这一切，蓝小千只觉得一阵困意袭来。为了揭穿星光馆的秘密，她昨晚根本就没怎么睡，之前又被人狂追，消耗了大量体力，要不是赶着去警察局报案，她恐怕早就回家睡个天昏地暗了。

"奇怪，今天樱花馆怎么这么安静……"

她强撑着睁不开的眼皮，打开门瞥了一眼。

午后的阳光照得长长的走廊一片透亮，到处空荡荡的，连一个人影都没有。

苏厥和洛青銮出门了吗？好像自己回来时，也没看到他们的人影。

"算了，有什么事睡一觉醒来再说吧……"蓝小千摇摇晃晃地关上门，一头栽倒在柔软的床上，进入了沉沉的梦乡。


2


明晃晃的阳光穿过白色窗帘，照在房间里毛茸茸的地毯上。蓝小千终于从甜睡中醒来的时候，已经是第二天的早上了。

"天啊，我居然睡了十八个小时！我是猪吗？"

而且，如果不是有人在外面拼命地捶着房门的话，说不定她还能继续睡

下去。

一定是最近这段时间压力太大了！

"来了，来了！"蓝小千打了个哈欠，从床上爬起来开门。

这么慌慌张张用力敲门的家伙，想都不用想，一定是苏厥。

果然，房门打开之后，苏厥正焦急地站在门外，他身上的T恤皱巴巴的，漂亮的眼睛底下也出现了一圈乌青，好像很久没有休息了一样。

"苏厥？"看道他这个样子，蓝小千脸上的微笑也凝固住了，"发生什么事了？"

苏厥六神无主地抓住她的手臂，脸色一片惨白："阿洛……阿洛失踪了！我昨天找了他一整晚，都没有消息！"

失……失踪？

蓝小千大吃一惊。

洛青銮身手那么厉害也会失踪？

她赶紧追问："手机呢？给他打电话啊！"

"打了十几个电话，都无法接通！"苏厥烦躁地抓了抓棕色的柔软发丝，从口袋里掏出手机，指着通话记录给蓝小千看，"昨天晚上他一直没回来，我就觉得不对劲。等了好久没消息，我不放心就出去找了。可是寻遍了他以前会去的地方，却到现在都没有音信。"

"那还等什么，赶紧报警啊！"蓝小千也着急起来。

"不行！"苏厥就像被小狗咬到了一样，几乎想都不想就立刻回绝了。

看着她吃惊的样子，他这才支支吾吾地说："不……不是说失踪案件要

154

二十四小时以后才能立案吗？"

"也是……"蓝小千蹙起眉头，打消了这个念头。她忍不住跺了跺脚，说道："可是……可是他会去哪里呢！"

虽然之前和洛青銮之间有些摩擦，但一听他可能出现了意外，蓝小千仿佛成了热锅上的蚂蚁，比苏厥还要着急。

洛青銮这家伙，虽然秦琪总是开玩笑说他是圣樱学院的男神，但他在蓝小千眼里，根本就像是个活在一百年前的老古董，别说夜不归宿了，就连每天晚上睡觉的时间都是固定的。如果他十一点还没有躺在床上，那一定是发生了惊天动地的大事。所以苏厥还经常开玩笑说，只要看看阿洛在做什么，就知道现在几点钟了。

"不行，我们来找找线索。"蓝小千试图唤起苏厥的记忆，"你最后一次看见洛青銮是什么时候？"

"最后一次……"苏厥双眼茫然地盯着天花板，努力地回忆着，似乎陷入了迷惘。

过了好一会儿，他突然激动地抓住了蓝小千的肩膀："我想起来了，前天晚上你说要独自一人去星光馆，我担心你的安全，就把这件事告诉了阿洛，他说会跟去保护你……一定是这个原因！阿洛在星光馆发生了意外！"

保护自己？

蓝小千微微一愣。不知道为什么，她的脑海中浮出那个奋不顾身将自己推开的身影。恍然间，那股淡淡的青草气息仿佛还萦绕在鼻尖。如果说那个男生是洛青銮的话，就能解释得通了！

可是……

看着蓝小千一会儿神色恍惚，一会儿皱起眉头，苏厥焦急地追问："说到这个，你去偷拍星光馆的违法证据时，有没有发生什么意外？"

"我……"蓝小千张了张嘴，忽然觉得喉咙被什么赌住了。原来，洛青銮并不是像自己想象的那样，看不起自己的直播，而是一直在背后默默地保护着自己。

她定了定神，将自己在星光馆的遭遇讲述了一遍。

听到洛青銮冲出来，替蓝小千挡住了那些大汉时，苏厥紧张地咽了咽口水。等到她说起自己错把明飞镜认成洛青銮时，苏厥气得眼睛睁得老大。

"蓝小千！你怎么能把阿洛和别人认错呢！亏他那么喜欢你！"

"对不起。"

被他这么一说，蓝小千也觉得自己很过分，眼眶热热的，鼻尖也不由自主地涌起了一股酸意。

看她这副样子，苏厥也不好意思再指责，只能叹了口气："那我去街心公园问问，打听一下有没有人知道阿洛的行踪。"

"我也去！"她急切地拉住他的衣角。

可没想到，平时看起来不靠谱的苏厥，此刻却格外冷静，他揉了揉蓝小千的头发，说："不用了，你就在樱花馆等着，万一阿洛回来了呢？"

"嗯。"蓝小千用鼻音回答了苏厥。

她生怕自己只要一开口，眼泪就会忍不住涌出来……她怎么也没想到，那个危急时刻挡在自己前面的身影，居然是洛青銮……

可是她不但没认出来，甚至还就那样跟着明飞镜离开，把他一个人丢在了那里……好担心，要是他发生了什么意外，她一辈子都不会原谅自己！

看着苏厥的身影消失在电梯口，蓝小千抹了抹眼角，感受着指尖湿润的感觉，心情无比复杂，懊恼、感动、期待……无数情感交织在一起。

最后，她只能深吸一口气，在心底默默祈祷——

"洛青銮，你一定要平安回来啊……这次你回来，我就再也不跟你生气了！"


3


蓝小千独自一人在空荡荡的樱花馆里等待，简直坐立难安。如果不是苏厥的一席话，她早就按捺不住，跑出去找洛青銮了。

她坐在大厅里的沙发上，紧紧地握着手机，眼睛都不眨地看着屏幕，生怕错过一条消息。

"丁零零……"

正在这个时候，樱花馆的门铃突然响了起来。

难道是洛青銮回来了？

蓝小千一下子就从沙发上跳了起来，几乎是用百米冲刺的速度跑到了门口，问也没问就直接打开了锁。

"洛青銮，你去了哪里……"

　　兴奋的话说到一半，就卡在了喉咙里，蓝小千呆呆地看着站在门口的男生，半天才回过神来："飞……飞镜？"

　　明飞镜站在门口，他穿着蓝色T恤、牛仔裤，一只手悠闲地插在口袋里，另一只手拎着粉色甜点盒，笑容灿烂地打了个招呼："嗨！小千！"

　　"你吃饭了吗？"他趁着蓝小千怔忪时，一个大跨步，自动走进了门，把甜点盒放在餐桌上，"昨天太晚了，我怕影响你休息，所以今天过来看看你。昨天摔到的地方还痛吗？"

　　"我……我没事，"蓝小千回过神来，回想起昨天自己问他时，他那含糊其辞的话。

　　她不由得产生了怀疑："昨天在星光馆那里，帮我挡住那群人的真的是你吗？"

　　明飞镜愣了愣，英气的眉眼间闪过一丝慌乱："怎么了？"

　　"我之前问过你有没有受伤，可是你的回答很奇怪。"蓝小千那张可爱的小脸上满是肃然的神情，"飞镜，你为什么要骗我？"

　　"我没骗你啊，是你自己误会了而已。"明飞镜双臂环胸，满不在乎地说，"我只是恰好路过，顺手救了你，你在说什么，我完全搞不懂啊！"

　　"可是……"蓝小千还想反驳，却又觉得他说得没错。

　　如果真像明飞镜说的，他恰好路过看见自己被追，那么自己的确没有任何立场责怪他。

　　蓝小千，你怎么能因为担心洛青銮的安危，就不分青红皂白地把责任推给别人呢？

见蓝小千的神色柔和下来，明飞镜赶紧抬起手扇了扇风："天气这么热，火气不要那么大嘛！小千，我快渴死了，能不能倒杯水喝？"

"等着！"蓝小千朝他翻了个白眼，就转身去了厨房。

她刚从冰箱里取出纯净水，刚刚一直被重点关注的手机忽然响了起来，刺耳的铃声夹杂着嗡鸣声，吓了她一跳。

"苏厥！"

看到屏幕上显示的名字，蓝小千手忙脚乱地接通电话："怎么样？找到阿洛的下落了吗？"

"找到了。"苏厥的声音隔着话筒传来，沙哑中透着一丝疲惫，"昨天他昏倒在路边，被路人叫救护车送到了医院。他的手机好像摔坏了，所以才打不通。"

"昏倒在路边？"蓝小千的声音顿时提高了八度，"他受了什么伤？要不要紧？"

连手机都摔坏了……可以想象战斗有多激烈……

这一刻，蓝小千无比痛恨自己的绝情离去，要是他伤得很厉害，自己这辈子都会在愧疚中度过！

"受了一些轻伤。"苏厥叹了口气，似乎不愿多说，"幸好人已经醒了，身上的伤口也都在医院处理过，一会儿我就带他回去。"

轻伤……

蓝小千紧紧地攥着手机，心里依旧沉甸甸的。

她明白，像洛青銮那样的人，就算受了很重的伤，也只会说自己没

事……他是那样的骄傲啊！宛如天上清冷的月亮，从不屑诉说自己内心的感受。

沉默了好一会儿，她吸了吸鼻子，轻松说道："我去接你们。你们在哪家医院？"

"不用！不要多久我们就回来了，现在已经办好了出院手续。你在家等着就行。"

说着，不给蓝小千说话的机会，苏厥连个医院地址都没留下，就挂断了电话。

过了好一会儿，蓝小千才结束发呆，拿起纯净水，恍恍惚惚地走出厨房。

她实在是没有心情再和明飞镜聊天，便说："飞镜，待会儿我还有事，不方便继续招待你……你下次来吧。"

不过，出乎她的意料，客厅里并没有传来回应。

"咦？人呢？"

把水放在餐桌上后，蓝小千在大厅里转了一圈，意外地发现，明飞镜这么一个大活人，居然消失不见了。

"飞镜？明飞镜！"她狐疑地打开卫生间的门，可是里面空荡荡的，"奇怪，难道是回家了？可是他连水都没喝呢……"

正犹豫着，突然，电梯响起"叮"的一声。蓝小千下意识地扭过头，目瞪口呆地看着明飞镜从电梯里走了出来。

"你……你刚刚上楼了？"她不敢相信地问。

不仅仅是自己的卧室，洛青銮和苏厥他们的房间也在楼上，更别提小琪的实验室了……

明飞镜是怎么了，居然不跟她说一声就直接上楼？这样未免有点儿太没有礼貌了吧？

然而，明飞镜却一脸无赖的样子："我就到处随便看看而已。九月樱花馆不是很神秘吗？我已经好奇很久了。"

"好奇也不能在别人家随便跑啊！"

蓝小千瞪大了眼睛。

在她的印象里，明飞镜可绝对不是这样的人！他又礼貌又阳光，不管做什么事，都会先询问别人的意见……他怎么会变成这样？

"等下阿洛他们就要回来了，你还是先走吧。"觉得再让他待下去，自己一定会被气死，蓝小千委婉地下了逐客令。

明飞镜深深地看了她一眼，目光里闪过无奈和痛苦，最后还是勉强扯了扯嘴角，走出了门。

临走时，他还是忍不住转过身："小千……对不起。"他的语气喑哑而低沉，与平时截然不同。

不过蓝小千此刻正沉浸在自己烦乱的情绪中，完全没有心思注意明飞镜的异常，只是胡乱点了点头："行了，我不怪你，快走吧。"

这一次，明飞镜没有再说什么，迈开步子消失在绚烂的阳光中。

4

送走了明飞镜，蓝小千还是不放心，仔仔细细地把樱花馆全检查了一遍，连玻璃花房都没放过。

还好，每一个人的卧室都上了锁，没有钥匙就能进的房间也只有游戏室和玻璃花房了。

"不过，明飞镜到底为什么要这样呢？"

不能怪她多疑，明飞镜的行为的确很可疑。

蓝小千回想起他第一次出现在九月樱花馆的门口，自称是秦琪的哥哥——舒桦的朋友，可是从始至终，他得知秦琪去了伦敦以后，就再也没有提过一次关于舒桦的事。而且每次和他见面，他也绝对不会主动提起秦琪和舒桦的话题。

想了想，蓝小千拿起手机，点开了微信上秦琪的头像。自从和韩煜非一起离开之后，秦琪就再也没有和她联系过了。现在的聊天记录上，满满的都是蓝小千的问话，却连一句回复都没有。

"奇怪，英国又不是没有网络……"蓝小千的心里有几分不安，赶紧翻出秦琪离开前留下的酒店联系方式。

在等待洛青銮他们回来的空当，蓝小千打开笔记本电脑，用翻译软件给酒店发了一封结结巴巴、语病百出的邮件，询问关于秦琪的下落。

很快她就得到了回复，虽然他们已经提前订好了房间，但奇怪的是，房间并没有客人入住。

"什么？居然连酒店都没去？"这下子，蓝小千的心里涌起了浓浓的担忧。秦琪离开后，微博再也没有更新过，仿佛销声匿迹了一般，这绝对不正常。

不会出什么事吧？

"不行！我还是报警吧！"

下定决心后，蓝小千还是拨通了报警电话。

正在这个时候，洛青銮跟在苏厥身旁，走进了九月樱花馆的门。

"奇怪，门没有关……"苏厥嘟囔了一声。

洛青銮微微一笑。他的手臂上已经被缠上了纱布，看不到那鲜血淋漓的伤口。他微微垂下眼睑，纤长浓密的睫毛掩盖住了内心的忐忑。

小千她还好吗？她已经知道自己偷偷跟踪的事，会不会更加责怪他？

在奋不顾身挡在她前面的那一刻，他终于明白了自己的心事。

这世上再也不会有第二个女生，会像蓝小千一样，时时刻刻牵动着他的心弦。她的一颦一笑，是那么生动鲜活，就连那倔强的性格，也是他最喜欢、最欣赏的。

如果再有下一次，他一定不会选择惹怒蓝小千。被她讨厌的感觉，实在是太难过了……

"喂,警察局吗?我想报案!"

刚迈进门,洛青銮就听到客厅里传来蓝小千清脆的声音。

一下子,他那原本已经恢复不少的脸色又变得煞白,特别是听到她还继续往下说着。

"我想拜托你们查一查我的两个朋友的行踪,一个叫秦琪,另一个叫……"

等不及她说出韩煜非的名字,洛青銮只觉得自己身边掠过一阵风,苏厥就像是灵巧的豹子一样,猛地跑过去,把蓝小千的手机夺了下来。

"啊!"

蓝小千吓了一跳,猛地从沙发上跳了起来。

天啊!难道是星光馆的那些人找到这里了?不是已经去过警察局了吗,难道他们还没被抓起来?

等看清楚是苏厥,蓝小千忍不住大叫出声:"喂!你要干什么?"

看着苏厥一改平常好说话的样子,一脸严肃地挂掉了报警电话,还把手机藏到身后,她不禁哭笑不得。

"苏厥,你别闹了!"蓝小千以为他在开玩笑,忍不住着急地解释,"小琪和韩煜非不知道发生了什么事,很久都联系不上了。而且我今天问了酒店,说是预订的酒店房间根本没有人入住……万一他们发生什么事怎么办?"

"蓝小千,你才是无理取闹的那个吧?"苏厥的声音冷冷的,他那完美如天使的面庞上也没有任何表情,和平时那个可爱的少年截然不同,"报警就能解决一切问题？还是说，因为网络直播，所以你喜欢上了这种成为别人眼中正义使者的感觉？"

他顿了顿，发出一声冷笑："如果是这样，樱花馆不欢迎你继续住在这里！"

平常的苏厥一直是一副人畜无害的形象，似乎唯一的喜好就是吃零食，蓝小千每次看到他，他都在吃东西……这还是第一次，蓝小千见到他这副模样。

她张大嘴巴，呆呆地看着苏厥，一时之间完全说不出话来。

"苏厥！"

正在这时，一直沉默地站在后面的洛青鎏终于开口了，他那白皙如玉的脸上闪过一丝无奈，伸手拍了拍苏厥的肩膀。

"你这个样子，会让人误会的，其实你一点儿也不想让小千搬走，对不对？"

"哼！"苏厥的脸红了，他不甘心地将头转到了一旁。

蓝小千眨眨眼睛，只觉得思绪变成了一团糨糊："等等，你们到底在说什么啊……"

难道他们争论的不是报警的问题吗？

洛青鎏深深地凝视着她，美丽的眼眸像是梦幻般的深海，吸引着每一个看到的人沉溺其中。他忽然微微一笑，仿若春花盛开。

"我已经想好了，小厥，我们把真相告诉她吧。"

"什……什么？"蓝小千一脸茫然。

苏厥却仿佛是被鬼附身了一样，震惊地看着洛青銮："阿洛，你想清楚了？当初煜非说要告诉她的时候，你不是反对吗？"

他们在说什么？怎么自己一个字都听不懂呢？

蓝小千甩了甩头，好奇地看着洛青銮："你们之间到底有什么秘密？是因为怕这个秘密被发现，所以刚刚苏厥才要说把我从樱花馆赶走吗？"

"我没说要把你赶走！"苏厥恼羞成怒地大吼。

这是怎么回事？被蓝小千这么一说，他感觉自己好像突然变成了十恶不赦的坏人一样。

洛青銮朝蓝小千转过脸，扶着自己受伤的右臂，在沙发上坐了下来，他那张俊美的脸上神色平静而温和："小千，我和你之间因为这个秘密，已经产生了太多误会。现在我已经想通了，你是一个可以为我们保守秘密的人，所以，关于之前我对你做的一些事，我都可以解释，包括刚刚小厥阻止你报警。"

被他用那样信任的目光注视着，蓝小千的呼吸一滞。她用力拍拍胸脯："我发誓！如果你们没有做犯法的事，我一定会保守秘密的！"

"青銮，你这个没义气的家伙！"苏厥看了看已经达成共识的两个人，叹了口气，怏怏不乐地坐在了一边。

洛青銮的目光更加温暖了。

他相信蓝小千，她是一个那么正义且善良的女生，就算伤害自己，也绝不会背叛他们。

"那么，你听好了……"

5

"你还记得当初那个'雾之家'的直播视频下面，曾经有人说我和他家一张老照片上的人长得一模一样吗？"

"啊！那个啊……"听他突然提起这件事，蓝小千立刻回忆了起来，"那不是一百年前，那个网友的曾爷爷的毕业照吗？我还以为你没看到……"

"我看了。"洛青銮笑了笑，"那张照片，其实我也保存着一张。而且我还要告诉你，照片上的人不是长得像我，根本就是我。"

就是他？

蓝小千瞪圆了眼睛，大脑似乎停止转动了。

看着蓝小千迷惑的神情，苏厥从鼻子里发出了"哼"的一声，不情不愿地抿了抿嘴唇，故意恐吓她："其实阿洛根本不是人，他是千年不死的老妖怪！他今年已经1852岁，比你全家加起来的年纪还要大……"

"砰！"

"啊！"

洛青銮面无表情地用力敲了一下他的头："别听他胡说。"

蓝小千被吓得扭曲的脸一下子僵住了。不知道该说什么才好，她只能"哦"了一声，继续沉默地听洛青銮解释。

九月樱花馆·
SEPTEMBER
SAKURA
APARTMENT
夜光少女季
THE SEASONS OF MOONLIGHT GIRLS

生怕苏厥再说出什么惊人之语，她一直保持着冷漠的表情，听完洛青銮关于自己沉睡一百年的解释。

过了好一阵，蓝小千才回过神来，说了一句："我的天！"

本来以为苏厥是个喜欢胡说八道的人，可没想到，洛青銮的天赋比他还高！

"事实就是这样，小琪替我们解开了沉睡百年的谜题。"洛青銮摊了摊手，悠闲得仿佛不是在说自己的事，"所以，我们三个人的身份其实都是伪造的。虽然应该没什么问题，但能不招惹警察，我们就尽量不要招惹。而且平常也要尽量低调。虽然过了一百年，但谁能保证，我们的身份不会曝光呢。"

蓝小千木讷地看着他："所以说，上次我的视频被删除，其实是因为你们担心曝光，对吗？"

沉睡了一百年？

说完这么离奇的故事，洛青銮还气定神闲。她紧盯着他看了半天，觉得不是他疯了，就是自己疯了。

因为当他把这一切说出来的时候，自己竟然一个字都不想怀疑。

蓝小千太清楚，洛青銮绝对不会对自己说谎。哪怕这件事再荒谬，只要从他嘴里说出来，就绝对是事实。

"我知道你很难相信，可是……"洛青銮皱了皱眉，似乎在思考要拿出什么证据来证实自己的身份。

苏厥气呼呼地冷哼一声："我就知道，真相说出来也没人会相信。"

"倒不是不相信啦。"蓝小千转脸看了看洛青銮的样子，对方正带着一丝期待看着她。她想了想，试探地问："这么说……你现在一百一十八岁了？"

"扑哧！"苏厥一个没忍住，被她逗得笑出声来，"哈哈！蓝小千，你可真有意思，我们把自己最大的秘密告诉你，你就这个反应吗？"

洛青銮也怔住了，他那总是波澜不惊的脸上露出一丝迷惘，似乎不明白为什么蓝小千不怀疑自己说的话。这个反应，可跟他预想的完全不一样啊。

"这个反应怎么啦？这个反应很正常！"蓝小千蹙眉愤愤地说，"我外公外婆也才六十多岁，要是按年纪算……"

她认真地掰起了手指头，然后抬起头，嫌弃地看着苏厥那白嫩漂亮的脸："难不成你和我曾曾祖父一样大？"

"你才曾曾祖父！"苏厥实在忍不住，活力十足地和蓝小千掐了起来，"蓝小千，你还是女生吗？听到这种故事，难道你不是应该大声尖叫吗？"

"我尖叫什么。一个只知道吃零食的老妖怪，有什么好害怕的。"

"你才只知道吃！"

……

经过一番嬉笑打闹，洛青銮看着神色泰然自若的蓝小千，面色由惊愕转为释然，最后嘴角甚至扬起了淡淡的微笑。也不知道为什么，他只觉得自己悬起的心已经落了下来。

自己果然没看错，他喜欢的女生，是世界上最特别的那一个。

原本想象的怀疑、争执，全都没有出现。在场的三个人谁都没有想过，才过了一下午，他们居然又开始若无其事地靠在沙发上，肩并肩吃起了薯片。

"你也别想着报警了。"苏厥毫不客气地撕开包装袋，"有煜非在，小琪不会出什么事的。再说青銮那么有钱，他会想办法打探他们的下落的。"

蓝小千已经没有了最开始的吃惊，她点点头，也跟着抓起两片薯片塞进嘴里："对了！小琪是不是也知道你们的秘密？"。

一瞬间，洛青銮和苏厥都愣住了。

过了好一会儿，苏厥才小心翼翼地开口："是……是的，小千，你别生气啊……"

"我为什么要生气？"她奇怪地看了他一眼，"我们才认识多久啊，如果沉睡一百年的是我，我也会很小心的。"

一旁的洛青銮松了口气，朝苏厥使了个眼色。

苏厥心领神会，赶紧开口："其实，之前有好几次，清銮都想要把秘密告诉你，只是你当时太生气了，根本不想听他说话。"

说到这个，蓝小千不由得脸红了。她转过头，看着洛青銮美好的侧脸。说起来，当她在网上被人骂的时候，他还用"洛水"的ID替她说话呢！自己之前真的太小心眼了！

她伸出手，轻轻摸了摸洛青銮右臂上缠绕的绷带，心中的愧疚又涌了上来："你的伤严不严重？"

好不容易蓝小千的态度有了一百八十度的转变，洛青銮可不是那种会轻易放过机会的人，他那双漂亮的眼睛里闪过一道狡黠的光，装模作样地叹了口气："伤倒是还好。医生说，大概一周就能拆掉绷带了。只不过，在那之前，行动会很不方便……"

蓝小千！都怪你不好！

"别担心，我一定会好好照顾你的！"她的脸上浮现悔恨的神情，抓住他的肩膀，"要不是你，恐怕我已经被那些人抓住了！你手臂上的伤是为我受的，我一定会负责到底！"

"你负什么责啊？阿洛他的左手……"苏厥一边吃着薯片，一边毫无形象地把脚跷起来放在沙发上。听蓝小千说到要照顾"不方便"的洛青銮，他忍不住插话。

拜托，阿洛可是个左撇子，右手缠了绷带，哪有什么不方便啊。

不过，他刚吐出"左手"两个字，洛青銮就立刻抓起桌上的苹果，用力砸了过去。

苏厥一时躲避不及，被直接砸中脸。

"啊！"

瞧，阿洛的左手多好使，连丢苹果都能丢得这么准！

蓝小千不明所以地看了看洛青銮："怎么了？"

"没事。"洛青銮挑了挑眉，"艰难"地伸出右臂朝茶几上的水杯伸过去，伸到一半才恍然大悟一般换成了左手。

　　蓝小千看不下去了，她一把抓起杯子，贴心地喂他喝了一口水："你现在右手不方便，有事直接叫我就好了。我说话算数，在你伤势恢复之前，一定会好好照顾你的！"

　　"喀喀……"她的话刚说完，旁边的苏厥仿佛受到了什么惊吓一般，嘴里的苹果块差点呛进气管。

　　圣樱学院的女生们都说阿洛是王子殿下，拜托，她们完全不知道王子殿下的真面目。

　　这个戴着一千张面具的家伙，简直就是天生当演员的料！

CHAPTER
08
第八章
九月樱花馆事件

九月櫻花馆·
SEPTEMBER
SAKURA
APARTMENT
夜光少女季
THE SEASONS OF MOONLIGHT GIRLS

1

"阿洛，放着我来！你别乱动！"

看着洛青銮笨拙地用左手拿起咖啡壶，蓝小千立刻放下笔记本电脑跑过去，从他手中接过咖啡壶倒了一杯咖啡，还贴心地插了一根吸管。

"哪有喝咖啡用吸管的……"苏厥完全没有形象地瘫在沙发上，猛烈地抨击蓝小千的举动，"不过就是右手受伤而已，又不是生活不能自理，你让他自己拿杯子喝就好了。"

蓝小千对着苏厥翻了个白眼，红着脸递过咖啡杯，又关切地问洛青銮："你要不要吃一块蛋糕？我今天早上出门时，顺便买了一盒黑森林蛋糕。"

洛青銮摇了摇头，用左手端起咖啡杯，轻轻地用吸管啜饮着。他的睫毛格外浓密纤长，垂眸的时候在下眼睑处投下一小片阴影。

虽然用吸管喝咖啡很奇怪，但不管是什么举动，洛青銮做起来都优雅无比。每次看到他，蓝小千都要拼命按捺住犯花痴的冲动。

发现蓝小千的视线仿佛定格在了自己身上，洛青銮不动声色地放下杯子，朝她微微一笑："说起来，你上次揭穿了星光馆的骗局，反响怎么样？"

"这个啊……"蓝小千恋恋不舍地移开目光，又变得神采飞扬起来，"反响好极了！我上传那个骗子占卜师的视频证据之后，骂我的评论都消失不见了！而且我还被很多人夸奖了呢……"

"那真是太好了……"洛青銮欣赏地看着她。他就是喜欢蓝小千这样活力四射的样子，光是看着，都觉得生活很美好，每天都充满了新鲜感。

"哦，对了，还有我的死对头，那个'魔法少女'……"蓝小千迅速地拿出手机，找出"魔法少女"的微博给洛青銮看，"这个胆小鬼，居然把之前说我坏话的微博全都删除了，哈哈哈！我就说，科学即是正义，成天研究魔法能量，也没见她发财啊！"

洛青銮眨了眨漂亮的眼睛，称赞她："都是因为你的证据太有力了。"

"哪有，要不是你帮忙，我才拿不到呢！"

洛青銮不再说话，只是目不转睛地看着她，眼神中满是宠溺。

蓝小千被看得不好意思，低下了头，只觉得周围的空气中都升起了粉色泡泡，甜蜜醉人。

"呕……我受不了了，只是坐在这里吃个零食而已，为什么要受到这种伤害……"苏厥扶着腰做了一个呕吐的动作，从沙发上爬起来，准备抱着他的零食离开。

洛青銮和蓝小千都没有理睬他，这时被他们忘在一旁的手机突然响了起

来，聒噪的铃声马上打断了旖旎的气氛。

蓝小千郁闷地拿起一看，脸色瞬间变得凝重起来。

居然是明飞镜？

"小千，我发现了一家很好的烤肉沙冰店，要不要出来吃饭？"

接起电话，明飞镜的声音还是那么元气满满，好像什么都没发生过一样。

可这个时候，蓝小千一点也不想听他多说："我没空！"

硬邦邦地扔下三个字，她就准备挂断电话，却被一旁的洛青銮阻止了。

"等等，他不是自称舒桦的朋友吗？既然我们联络不上小琪和煜非，倒不如直接问问他。"洛青銮微微弯起嘴角，扬起一抹讽刺的微笑，"我想，如果他的身份真的没问题，一定会积极地帮我们获取小琪和煜非的消息。"

对啊！

蓝小千这才想起来。她简直想要拍拍洛青銮的肩膀，称赞他太聪明了，自己怎么就想不到这些呢？

她重新把手机凑近耳边："飞镜，我记得你回国，是因为小琪的哥哥舒桦拜托你来看她吧？"

明飞镜似乎没想到蓝小千会问这个，愣了愣才回答："是……是啊，怎么了？"

"我们最近联系不到小琪，想请你帮帮忙。你一定有舒桦的联系方式吧？"她单刀直入地问，"能帮我们给他打个电话吗？"

莫名其妙地，明飞镜支支吾吾起来，说的话也让人摸不着头脑："是的，虽然我能联系到他，不过他一般很少接电话……"

蓝小千不满地说："就算不接电话，回一条微信也可以啊！拜托，自己的亲妹妹失踪了，难道他一点也不关心？"

紧接着，她不给明飞镜一点喘息的时间，压低声音问："还是说，其实你根本不认识舒桦，之前所说的一切，都是骗我们的？"

她的话刚说完，电话那头就陷入了死一般的沉默。

其实蓝小千的心情也很紧张，她屏住了呼吸，一点细微的声响也不放过，仔细听着话筒传来的声音。

怔怔间，手上传来一股温暖的感觉，她低下头，正对上洛青銮关切的眼神。

过了好一会儿，明飞镜终于打破了沉默："小千，你没有必要这样怀疑我，其实，我也是有不得已的苦衷……我愿意把一切告诉你。一个小时后，我在芒果街雪冰烤肉店门口等你，到时候再详细说。"

说完，他不等蓝小千回答，就径自挂断了电话。

"嘟嘟嘟……"

蓝小千握着发出忙音的手机，陷入了恍惚。

明飞镜这家伙，到底在搞什么？

她下意识地看向一旁的洛青銮，却见他正看着自己出神，清俊的面容上也满是迷惑。

"去吧！回来的时候顺便给我打包一份芒果沙冰！"听见电话里明飞镜的邀请，苏厥毫不犹豫地把蓝小千推了出去。见她担心地看着洛青銮，他又大大咧咧地说道："不用担心阿洛啦，这么久你一直没看出来吗？阿洛是个左撇子，右手受没受伤根本不重要，不用你操心！"

左撇子？

蓝小千比刚知道洛青銮为自己受伤时还吃惊。

而洛青銮很快回过神来，狠狠地瞪了苏厥一眼。

直到这时，蓝小千才相信苏厥说的都是真的。

这几天，自己可是每天忙里忙外，就差喂他吃饭了！这家伙，明明那么享受……居然是左撇子？

"哈哈哈……那天我提醒你，阿洛还用苹果砸我。蓝小千，你真是笨到家了……"

苏厥还要继续笑下去，突然感觉到一股杀气。见洛青銮面无表情地紧紧盯着自己，他只觉得后背一凉，立刻停止大笑，索性站了起来，躲进了另一个房间。

认识这么多年，他早就知道，阿洛那家伙其实小气得很，现在自己把他得罪了，到时候一定会被揍得很惨！

洛青銮转向蓝小千，精致深邃的五官蒙上了一层阴影，看起来格外自责。纤长浓密的睫毛如同蝶翼一般微微颤抖着，双眸如同一泓秋水，期盼地看着她。

"小千……"

"哼！"

回答他的，是蓝小千的一句冷哼。

洛青銮摸了摸鼻子，发誓一定要好好"报答"苏厥。


2


"对不起，我只是想要和你亲近一点儿……"少年低沉的声音响了起来。

他坦然地承认了自己隐瞒了事实，理由却十分冠冕堂皇："之前我们因为'雾之家'视频发生误会，冷战了很久，其实我心里很难过……"

温柔而好看的人，一旦难过起来，会让周围的人也感觉心碎。蓝小千看着他那忧郁的眼神，忽然觉得不能原谅他的自己是个罪人……

洛青銮轻轻抬起白皙的手，摸了摸蓝小千的脸："当时在星光馆，如果你被那些人伤到，我一辈子都不会原谅自己的。"

他的声音犹如皎洁的月光，洒满了蓝小千心中的每一个角落。其实蓝小千并没有很生气，但是听着他的内心剖白，不知道为什么，她忽然觉得开心极了，像是有无数烟花在心头绽放。

原来他的心情，和自己的一样！

只不过……

"下次如果你再骗我，我可是会真的生气的！"

看着蓝小千认真的样子，洛青銮忍不住在她脸上轻轻吻了一下，柔声说："不会了，我答应你，以后对你永远只说真话。"

天……天啊！

蓝小千顿时呆在原地，她只觉得自己的大脑一片空白，只能僵硬地点点头："我……我该走了！"

说完，她飞也似的朝门口逃去。

"别忘了给我打包芒果沙冰啊！"不知道什么时候，苏厥又从房间里跑了出来，依依不舍地大声嚷嚷，"如果能再给我带点烧烤回来就更棒了！"

蓝小千脚底一滑，回过头刚要说些什么，就见洛青銮无情地用一只手把苏厥牢牢地按在了沙发上，朝自己温柔地笑了笑："不用给他买东西，你自己早点回来就好。有什么事记得给我发信息。"

有了这段小插曲，蓝小千感觉自己那被亲吻过的脸颊终于没那么热了。她点点头，准备离开之前，突然想起一件事。

"对了，有件事我一直忘记告诉你们了！之前我去盯梢星光馆的时候，有个人给那群小偷打电话，他想要把我们所有人从九月樱花馆骗出去，趁机来偷什么东西。"

偷东西？

苏厥脸上的笑容收了起来，洛青銮的眼神微冷，两人飞速交换了一个眼神，很快都明白了对方的意思。

九月樱花馆的确奢侈豪华，但他们从沉睡中醒来以后，一直小心低调，从不结仇。而且就算一百多年前有什么仇人，现在也都已经化成了尘土。如果真的有人处心积虑想要潜入偷东西的话，也就只有那个东西了——秦琪曾祖父发明的，让他们三个沉睡了百年的药剂。

自从上次秦琪发现仅存在世上的最后一支药剂以后，他们牢牢地把它保护了起来，并给它取了个名字，叫"银色药剂"。

看到他们两人表情凝重，蓝小千小心翼翼地开口："真有什么重要的东西吗？"

洛青銮轻轻地点点头，目光中带上了一丝安慰的神色："没关系，有我和苏厥在，那东西不会丢的。"

打那支药剂的主意的人，虽然至今还不能确认到底谁，不过他始终坚信，什么阴谋诡计都不可能得逞。

虽然还有点儿担心，但看着洛青銮自信满满的神情，蓝小千放下心来。在她的印象中，还没有洛青銮办不到的事情呢！

明飞镜说的那家店离圣樱学院有点儿远，蓝小千花了好久的时间才找到这家位于芒果街最偏僻角落的店。

这家店装修得非常现代，靠街的整面墙都是亮晶晶的玻璃，屋顶和椅子

181

都是可爱的云朵形状。刚走到门口，她就闻到了从门里飘来的诱人香味，她的肚子忍不住"咕咕"叫了一声。

从樱花馆出来这么久，她还真有点儿饿了。

走进店里，蓝小千一眼就看到了坐在门口的明飞镜。

"上次你请我去游乐园玩过了，这次换我请你吃饭吧！"蓝小千大大咧咧地坐下，拿起了菜单。

明飞镜深深地看了她一眼，却一点也不觉得开心。小时候，他们两人经常为了一根糖葫芦打起来，也会分享同一块巧克力，他没想到，两个人之间要变得陌生，原来这么容易……

不过，世界上有谁不会变呢？自己不也变了吗？

看着笑容甜美的蓝小千，明飞镜的心情说不出的复杂，最终他还是点了点头。

烤肉发出"吱吱"的声音，丰富的油脂时不时滴到下面的炭火中，引得火苗一下子跳起老高，香气也在窄小的空间中飘散开来。

"哇！好香啊！"

五花肉烤成金黄色，蓝小千迫不及待地夹起一块送进嘴里，眼睛都亮了起来："好吃！"

明飞镜露出一个灿烂的笑容："我就知道你会喜欢！这么多年来，你还是那么喜欢烤肉啊！"

说着，他迟疑了一下，爽快地道歉："那天，我的确太没礼貌了，在别人家做客还到处乱跑……小千，你不要生气了，好不好？”

蓝小千顿时愣住了，有点儿不知道该怎么回答。她犹豫了一下，决定直接跳过这个话题。

她放下筷子，说："飞镜，如果你真的觉得抱歉，就帮我一个忙，联系一下舒桦吧。我很久都联系不上小琪，真的很担心。之前你在电话里说的理由，现在能告诉我了吗？"

听见蓝小千的要求，原本正用筷子夹起羊排的明飞镜怔了一下，香气扑鼻的羊排一下子重新掉回了碟子里。他摸了摸自己脖子上的星星胎记，低下头，重新夹起一块羊排放进嘴里，沉默地咀嚼着。仿佛那不是一块羊排，而是一块咬不动的橡胶一样。

"是的，我的确能联系上舒桦。"还没等蓝小千露出开心的笑容，他又接着说，"可是，小千，我很抱歉，这个忙我真的帮不了。"

蓝小千的微笑一下子僵在了脸上，她不敢相信地看着他："为什么？"

明飞镜头也不抬。他仿佛再也没有了胃口，也跟着放下了筷子："舒桦那个家伙，一天到晚都说要去旅行，所以我也根本不能确定他的行踪……平时我们也只是用邮件联系，而且基本上每个月，他只会给我发一封邮件。"

"啊……怎么这样……"听到他的解释，蓝小千失望地嘟囔起来。

不过明飞镜说得也很合理，舒桦简直就是个怪胎，连自己的妹妹都只能偶尔收到几封邮件，更别提朋友了。从小琪每次提到哥哥都咬牙切齿的表情来看，他做什么事都不出格。

"所以我只能帮你写一封邮件给他，但是要得到回复，可能又要等一个月了。"明飞镜抬起头，充满歉意地说，"对不起，小千，没能帮上你的忙。"

原来是这样……

蓝小千没精打采地叹了口气。

仔细想想，小琪也是因为一直都联系不上舒桦，所以才会一怒之下亲自跑去找他。自己一直逼问明飞镜，似乎有点儿太过分了。

"算啦，那就继续吃东西吧。"蓝小千郁闷地咬了一口烤肉，却错过了明飞镜猛然松了一口气的表情。

那个表情，就好像是在庆幸自己的骗局没有被拆穿一样。

3

在一片尴尬的气氛中吃完烤肉，已经是晚上八点多了。蓝小千爽快地结了帐，还给苏厥打包了一份芒果沙冰。刚刚告别明飞镜，她就接到了洛青銮的电话。

"拜托！现在街上这么热闹，能有什么危险？"

"冷酷无情"地拒绝洛青銮要来接自己的提议后，蓝小千打了一辆出租车，准备独自一人回九月樱花馆。

虽然嘴上嫌弃他管东管西，但回想起他在电话里那种浓浓的关心，蓝小千还是忍不住嘴角上扬。回想起出门前的那浅浅一吻，她的心里就像是吃了蜜糖一般甜。

洛青銮这家伙！

今天出来的主要目的，完全没有达成。虽然明飞镜承诺过，只要舒桦一回复邮件，他就会立刻通知她，但她总觉得哪里怪怪的，心里始终像是揣了只小兔子，静不下来。

还有小琪那么久都没有消息，会不会是出什么意外了？

"呸呸呸！不能乱想！"蓝小千用力甩了甩头，沮丧地叹了口气。

她总觉得自己好像身处重重迷雾中。听洛青銮说，他们有一个看不见的敌人，一直在暗处默默观察着他们……说起来，还是很危险啊。

"小姑娘……小姑娘？"

蓝小千正胡思乱想的时候，突然听到一声大吼，原本平稳行驶的出租车也猛地停了下来。

"咦？到了吗？"

她奇怪地探出头，看到了圣樱学院熟悉的大门，正准备掏出钱包，忽然，又听到了司机大叔颤抖的声音。

"人！前面有个死人！"

蓝小千被吓了一跳，定睛往大叔指的方向看了一眼，瞬间就明白了为什么司机大叔的声音带着颤抖。

前面的路灯下，有一个人脸朝下躺着，也不知道是活着还是死了！

"小姑娘，车费我不要了，万一警察来找我，你可千万要给我做证啊！"司机大叔吓得面如土色，胡言乱语起来，"我根本没撞他，我离那个人还有几十米就停下来了！"

"没……没关系……如果真的有什么事，我一定会给你做证的。"

天色已经完全黑了，惨白的路灯灯光只能照亮一小片地方，学院门口一个行人都没有，却突兀地躺着一个人，看起来简直像是鬼片中的场景，十分惊悚。

这人只是晕倒了，还是已经……已经死了？

蓝小千吓得几乎不敢下车。她求助似的看着司机大叔："大叔，我们一起下去看看那个人吧？"

司机大叔用力摇头："不不不，你就在这里下车吧！我还有孩子、老妈要养啊。小姑娘，你可怜可怜我……"

蓝小千一阵无语，这位大叔怎么比她还胆子小？

她强忍着害怕，死赖在车上不肯下去，其间给洛青鎏发了一条求救信息。

他出来得很快，快步跑下长长的台阶，朝停在路边的出租车奔了过来。

或许是因为着急接到蓝小千，洛青鎏只穿了一件白色的衬衣，领口的扣子也忘了扣，奔跑的时候，微风轻轻吹拂着衣角，精致的锁骨露出来。

也不知道为什么，在看到他的一瞬间，蓝小千忽然觉得仿佛有一轮明月从自己的心中冉冉升起，驱散了害怕。光是看到洛青銮的脸，她就觉得瞬间有了勇气。

正发着呆，车门被拉开了，洛青銮一脸关切地看着她，白皙的脸上升起了一丝红晕："小千，你没事吧？"

"她没事，我有事！"司机大叔煞风景地咆哮着，"快点儿从我的车上下去！"

蓝小千不满地回头瞪了司机大叔一眼，不好意思地下了车。

她的脚刚落地，司机大叔就像是吓破了胆一般，开着出租车一溜烟跑掉了。

洛青銮顾不上别的，一把牵起蓝小千的手，和她一起来到路灯下，查看那个躺在地上的人。

洛青銮蹲了下去，轻轻地把地上的人翻了过来，然后长舒一口气："没关系，只是晕过去了。"

晕倒在地上的是一个男生。借着路灯的光，能看出他的年龄并不大，十五六岁的样子，相貌很清秀。蓝小千认出他胸前佩戴的一枚徽章是属于圣樱学院戏剧社的。

"他带着戏剧社的徽章呢，应该是圣樱学院的学生……可是怎么会晕倒在这里呢？我们打急救电话吧？"

洛青銮点了点头，他那双浅褐色的眼眸里闪过一道光，不知道在思考什么。

蓝小千迅速地拨打了电话叫救护车："您好，圣樱学院大门口发现了一名晕迷过去的学生……"

"嗯……好晕啊……"她的话还没说完，地上的男生就慢慢地睁开了眼睛，发出痛苦的呻吟。

洛青銮赶紧把他微微扶了起来，靠在自己的腿上。

救护车的效率总是很高，挂掉电话之后不到十分钟，鸣着尖锐笛声的车子就到了，医护人员把刚刚从晕迷中清醒过来的男生抬了上去。

可是，直到车子完全消失不见，洛青銮还站在原地，一动不动。

"回去吧，他不是说什么都不记得了吗？"蓝小千轻轻地拉住他的手，担忧地说道，"我还给你和苏厥带了吃的呢，再不回去，芒果沙冰就要化掉了。"

"好，我们回去吧。"

虽然有路灯，但樱花馆附近还是有些昏暗，怕蓝小千在台阶上跌倒，洛青銮轻轻地握住了她的手。

被这只温暖干燥的手牵着，蓝小千感觉刚刚的害怕一下子全都消失不见了。

在走进樱花馆大门前，蓝小千远远地回头看了一眼那盏路灯。惨白的光晕依旧静静地投射在地面。她只能默默地在心里祈祷，希望这次的事只是偶然。

4

可是，事实并没有像蓝小千祈愿的那样，朝着好的方向发展。

短短几天之内，樱花馆周围发生了许多莫名其妙的事。

继有人在樱花馆前的路上昏迷之后，连续几天，几乎没有一个晚上是平平安安地度过的。不但玻璃窗被打碎了好几扇，甚至大厅里的桌椅位置都发生了变化。昨天晚上，蓝小千半夜甚至被一阵诡异到极点的歌声从睡梦中吵醒了！

要不是洛青銮听到声音之后立刻跑到她的房间，恐怕她整夜都会吓得不敢重新入睡呢！

早上醒来，蓝小千依然觉得整个人晕乎乎的，稍微大一点的声音就会让她心跳加速，就像是回到了昨天晚上那个诡异的环境里。

"来，小千，喝杯热牛奶吧，能安神！我特地加了蜂蜜和香草。"平日里最喜欢开玩笑的苏厥也变得体贴起来，他主动给蓝小千热了一杯牛奶。

他脸上挂着浓重的黑眼圈，不服气地看着洛青銮："阿洛，同样都是一夜没睡，怎么你一点儿黑眼圈都没有？"

洛青銮也一夜没睡吗？

蓝小千喝了一口暖暖的热牛奶，有点儿愧疚地看着洛青銮："阿洛，对

不起，害你昨天晚上照顾了我一夜……"

虽然自己是宣扬科学的小斗士，但只有亲近的朋友才知道，"夜光少女"蓝小千最怕的就是莫名其妙的诡异声音。

昨晚，她被突然响起的诡异歌声吓坏了，几乎是控制不住地整个人缩在被子里发抖。直到洛青銮冲进她的房间，一直在床边握着她的手安慰，她才慢慢好起来。早上醒来，她还在惊讶为什么在房间里看到了洛青銮，却没想到，他居然一夜没睡，一直在照顾自己。

"没关系，其实我昨天也很害怕，所以才一夜没睡。"虽然洛青銮嘴上这么说，但脸上一点害怕的表情都没有。

谁都知道，他这么说只是为了安慰蓝小千而已。

"小千，这太不公平了！你怎么能只关心阿洛不关心我呢？昨天阿洛被你紧紧地抓住，只能坐在床边。我可是亲自跑出去找了一夜，想知道究竟是哪个该死的在外面唱歌呢！"

居然是自己抓住洛青銮，简直丢死人了！

蓝小千尴尬地啜饮着手中的牛奶，有点儿不敢抬头："谢谢你……"

"别听他胡说八道，我是自愿想陪着你的。小千，你睡觉很可爱。"

洛青銮体贴地给蓝小千解了围，朝她温柔一笑，随即转过去看着苏厥："你一点痕迹也没发现吗？"

苏厥整个人瘫在沙发上，不甘心地咬了咬如果冻般润泽的嘴唇："一点痕迹都没有发现。我循着歌声追出去的时候，明明还能听见声音，却一个人都没看到。"

洛青銮沉思了一下，继续问道："我之前吩咐你把监控摄像头都打开，录像视频里有线索吗？"

"不用你说，户外视频我全都看过了，可是什么也发现……最近因为小千搬来住，我们把四楼和五楼的监控都关掉了，不然说不定可以……"

听到苏厌这么说，蓝小千更加有了一种愧疚的感觉。

不过，还不等她开口道歉，洛青銮就站起身，伸出修长的手揉了揉她的头发："别担心，之前小琪住进来时，我们也关掉了监控。有女生在还开着室内监控，岂不是太没礼貌了？"

洛青銮静静地思忖了一会儿，漂亮的眼睛里光芒一闪。随后他从自己的房间拿出一台银灰色的笔记本电脑，干脆利落地输入一系列密码。很快，屏幕上就出现了许多画面。他把笔记本电脑往蓝小千的方向推了推。

"这台笔记本电脑能够查看所有的监控录像，我们看一下今天早上的视频。"

"早上？可是那歌声明明是半夜响起来的啊……"苏厌有点儿不明所以。不过，他还是乖乖地凑了过来，一边吃着又大又甜的车厘子，一边帮忙寻找可疑人物。

虽然现在还是暑假，可是拜各大社团丰富多彩的活动所赐，白天的校园居然比上学时还要热闹。无数学生穿着各种各样的洋装，打扮成动漫人物的模样，在学院里漫步。甚至还有学音乐的同学把钢琴搬到了草坪里，在绿草

茵茵的环境中演奏着优美的抒情曲。

"这个人好奇怪啊！"蓝小千发现了一个可疑人物，伸出手指了指屏幕，说道。

洛青銮眸中微光一闪，把视频放大了好几倍。

果然，视频中出现的那个人很奇怪。这么热的天气，他居然穿了一件深灰色的风衣。不止是这样，他还戴着一只巨大的医用口罩，把整个脸都遮了起来。他看似在慢悠悠地闲逛，却在路过樱花馆门前的白蔷薇花丛时，迅速地把手伸了进去，拿出了一个什么东西揣进口袋里，然后又若无其事地原路返回了。

因为学校的限制，樱花馆监控摄像头的范围也就到这里打止了，根本看不到他往哪个方向走。

几个人聚精会神地把这段视频看了好几遍。在他拿起东西转身时，洛青銮定格住了画面。

这一次，大家都清晰地看见了，他手里的东西是一部手机。

"居然是这样的！"苏厥生气地把装着车厘子的盘子重重地放在了桌面上，"我说怎么找不到唱歌的人呢，居然是利用手机录音再播放。这也太可恶了！"

恍惚间，蓝小千觉得那个人的发型有些眼熟。她正想说出这一点，却突然听见洛青銮严肃地说了一句让她意想不到的话。

"小千，你不能再在樱花馆住下去了。"

"为什么？"蓝小千把手中的牛奶杯放下，惊讶地转头看着洛青銮。

"现在的情况不一样了。"不光是洛青銮，就连平时一直笑眯眯的苏厥也加入了劝说大军，"这几天的事，摆明了是有人蓄意针对樱花馆，我和阿洛都可以保护自己，但万一他对你下手，我怕我们根本顾不过来。"

"可是……"虽然知道苏厥说的是对的，可是蓝小千无法接受自己在这个时候离开，"可是我怎么能在这个时候离开你们呢？朋友有了危险，难道不是应该挺身而出吗？"

"小千。"这一次，洛青銮的态度异常强硬，他白皙的脸上闪过一丝心疼，却还是说道，"你在这里继续待下去，只能成为我和苏厥的累赘。敌人在暗处，我们在明处，而且我们根本不知道对方有多少人。你如果坚持要留下，只能成为累赘，你知道吗？"

她才不会是累赘呢！

蓝小千紧紧地咬着下唇，心里非常不服气。

虽然她知道，洛青銮都是对的，可自己又不是那种只知道尖叫的小女生，她可是一直与各种"灵异"事件斗争到底的"夜光少女"蓝小千呀！

这些天以来，整个圣樱学院人心惶惶，大家都在传说那些奇怪的事一定是魔法和诅咒造成的。揭穿这些所谓的传说，可是她的老本行！

见蓝小千一副气鼓鼓的模样，洛青銮也放柔了声音。他长臂一伸，揽过她的肩膀，说道："就算你不想这么快地离开C市，也可以先暂时住在别的地方。我叫苏厥去给你订酒店好不好？你什么时候想我了就给我打电话，我

随叫随到！”

“我不想……”

蓝小千突然觉得有点儿委屈，虽然苏厥和洛青銮看起来是对她好，一直在劝说她，甚至还主动帮她找地方住，但是……但是，难道都没人觉得刚刚洛青銮说她是累赘这件事，真的很伤人吗？

可是，两个人看起来都这么坚定，就算是她竭力反对，恐怕也不能再在樱花馆里继续住下去了吧？

这么想着，蓝小千把想要说出口的话咽了回去。

“我不想这么快离开樱花馆，让我住最后一晚吧，明天我就离开！”

CHAPTER
09
第九章
被绑架了

1

"你们听说了吗，据说樱花馆最近有魔女作祟呢！"

"什么？魔女？不行，我要去保护我的洛王子才行！魔女想要伤害我的洛王子，得先从我的尸体上踩过去！"

"别闹了，据说这次的恐怖事件是真的！有几十个人晕倒在樱花馆门前那条路上了。就算你再喜欢洛王子，也要先考虑一下自己的安全啊！"

……

在便利店排队等结账的时候，蓝小千听见自己前面的两个女生也在窃窃私语地议论樱花馆最近发生的事。

这样的说法，她这一路上听到好多次了。

明明只有一个男生晕倒，可是不知不觉，在流言中就变成了几十个人；明明只是有几扇玻璃窗被砸碎，流言却说，整个樱花馆的玻璃窗都被打碎了……

在这些人的口中，就好像整个樱花馆都笼罩着一层可怕的阴影，随时要被魔女吞噬了一样。

蓝小千一开始还十分气愤地试图纠正他们的谬论，可是后来发现几乎是所有人都在传播这些流言时，她无论如何也不可能一个一个地去纠正。

明明是最好的学校，为什么学生们还这么迷信？这些有关鬼怪的言论，根本就是无稽之谈！

虽然已经和洛青銮、苏厥二人说好，今天最后在樱花馆住一晚，明天就搬到酒店房间去，不过，蓝小千的心里可不这么想。

她的心里隐隐约约有一个想法：既然那个"幕后黑手"想制造流言，对九月樱花馆不利，那么自己如果把这次樱花馆的"魔女事件"做成揭穿迷信的网络直播，岂不是一石二鸟？

蓝小千已经准备好了。这一次，她既不用网络摄像头，也不需要连接监控显示器，秦琪那里有好多实用的小型摄像机，她只要挑一个待机时间够长的就行了。等晚上洛青銮和苏厥都睡了，她就偷偷地溜出来，拍到那个神秘人究竟是怎样偷偷潜进樱花馆，制造各种意外的。

"哈哈哈……蓝小千，你简直太聪明了！"

这种超完美的计划，可不是普通人能制订出来的！

这些日子以来，经过她的细心观察，洛青銮其实很喜欢吃巧克力，可是每次吃完都会犯困，所以总不允许自己多吃。而苏厥这家伙，根本就是除了吃就是睡，完全不用费心思。

吃过晚饭之后，蓝小千特地来到便利店买了许多巧克力。

她拎着沉重的袋子回来，还不等她开门，苏厥就欢呼着冲了出来："小千，你买了好多好吃的呀！"

"是……是啊，毕竟明天我就要丢下你们两个，一个人去酒店住豪华套房了嘛。"蓝小千有点儿心虚，不敢直视苏厥那双如琥珀般清澈的眼睛。

不过，苏厥对她完全没有任何防备。他顺手拎起袋子，挑挑拣拣起来："小千，你买了好多巧克力啊！阿洛最喜欢吃巧克力了！虽然他一脸高贵王子的模样，但最喜欢那些甜腻腻的东西。"

洛青銮正好刚看完一本书，他接住了苏厥丢过去的巧克力，拆开包装纸，问道："小千，这是买给我的吗？"

"是啊，我转了好大一圈才买到呢。"怕洛青銮从自己的表情看出不对劲来，蓝小千大大地打了个哈欠，"我今天好困啊。你们先吃吧，我去睡觉了。"

看着毫无所觉的洛青銮和苏厥，蓝小千心虚地转身上了电梯。虽然她一直觉得自己做得没错，但是在洛青銮面前时，总感觉心虚气短。

站在电梯里，她用力地握住拳头："蓝小千！只要今天晚上把幕后黑手抓到，你就可以坦然面对他们，证明自己不是累赘！"

回到房间，蓝小千找出之前隐藏用的迷彩服，又静静地等待了一个多小时，确定苏厥和洛青銮都回房间睡觉了，这才拿着准备好的微型摄像机下楼，悄悄地埋伏在了花坛和樱花馆墙壁之间的一个缝隙中。

这里是她观察了好久才确定的隐匿地点，既不会被路灯的光线照到，又不会把她的身影暴露出来，是个十分理想的藏身之所。

蓝小千甚至还准备了一瓶饮料，免得在埋伏的时候口渴。

现在已经是八月了，盛夏的热度在一天一天地消退，凉爽袭来，夜晚尤其明显。

蹲久了，蓝小千感觉指尖都冰凉冰凉的。她把微型摄像机放在了花坛上面，轻轻地朝双手呵着气。

"呼……怎么还不来啊？"

蓝小千觉得有些无聊，正想打开饮料喝，突然，远处传来"沙沙"的脚步声。蓝小千敏锐地察觉到，似乎有人朝这边过来了！

她赶紧把身体伏低，免得被人发现自己的行踪，然而一边用手扶住微型摄像机，一边把镜头对准来人的方向。

视线中，那个人仍然穿着上次监控中拍到的那身服装，深灰色的风衣让他整个人都似乎融入了夜色中，几乎像隐形了一般。他的脸上仍然戴着口罩，只能看见露出来的额头和一双眼睛。

不过，即使是这样，蓝小千依然觉得来人有种十分熟悉的感觉，不管是走路方式，还是发型……

等等！

激动之下，蓝小千差点直接从藏身之处站起来。她用力地深呼吸了两次，这才让心绪平静了下来。

上次在视频中看得不清楚，但是这次靠近了看，刚刚灰衣男生路过路灯下时，她分明看见他的后颈处有一块小小的、星星形状的褐色胎记。

和明飞镜的胎记一模一样！

"天啊……"

蓝小千感觉自己的双手在颤抖。

　　她完全没想到，这个人居然会是明飞镜！

　　不过，如果冷静下来想想，一直想要去樱花馆偷东西的人是明飞镜的话，那么好多事情就都可以解释得通了……

　　他完全不了解舒桦，所谓的"舒桦好友"的身份，只不过是为了找个借口接近自己，才有机会和九月樱花馆近距离接触；而上一次，他在樱花馆里到处乱跑，也是为了找要偷的东西；还有，之前星光馆能够那么快地就发现自己的身份，说出正确信息，说不定也是明飞镜提供了消息。

　　看着一步步朝自己走过来的明飞镜，蓝小千的胸口升起熊熊火焰，觉得整个人都愤怒得要燃烧起来了。

　　这还是她认识的那个明飞镜吗？为什么他居然做出这种事情来？

　　身体比脑子更快地行动起来，蓝小千从藏身之处跳了出去。

　　"明飞镜，你站住！"


　　2


　　陡然被人叫出了名字，明飞镜大吃一惊。

　　从接近蓝小千，到打樱花馆的主意，他自认为做得很隐秘，绝对不会有人知道他的真正目的是要盗窃传说中藏在樱花馆中的"银色药剂"。可是，居然有人叫出了他的名字……

　　"小……千？"

看着一身迷彩服的女生从花坛里跳出来，明飞镜突然觉得嘴里直发苦。从接下这个任务开始，他最不希望的就是被蓝小千发现……然而这个愿望，如今也成了泡影。

蓝小千却没有丝毫犹豫地跑到明飞镜身边，用力地把他的口罩拽了下来。在看见那张熟悉的脸的一瞬间，她无比失望。

"真的是你！"

就算刚刚已经认出了明飞镜，但亲眼确认了这个事实，她还是忍不住由衷地失望和愤怒。

"你到底要来樱花馆偷什么……"

还不等蓝小千的话问出来，明飞镜就面色大变，用力把她推开："你快点儿离开这里！快点儿，离我远一点，别让我再看见你！"

怎么能这样？

蓝小千被明飞镜用力地推出很远，几乎是一下子就跌坐在地上。别在衣服上的微型摄像机也掉在了地上。她赶紧把摄像机捡起来握在手里，慢慢地从地上站起来。

"明飞镜，如果你现在去找洛青銮当面自首的话，以后或许我们还能做朋友。"

蓝小千觉得，这已经是自己能做出的最大让步了。

可是明飞镜似乎一点儿答应的意思都没有，他神色慌张地看着蓝小千，突然从口袋里掏出了手机。

手机屏幕闪着光，他痛苦地犹豫了好久，才接通电话。

"刚刚的话我都听见了。明飞镜，你别想放走她！怎么做才是正确的，相信不用我告诉你！否则，你就再也别想看见你的弟弟了！"

这个声音！

蓝小千站的地方离明飞镜并不远，因此，她能够很清晰地听见电话另一边的声音。这个男声听起来十分耳熟，她怔忡了片刻才想起，这个声音，就是那天她监视星光馆的时候，那个打电话过来要求他们去樱花馆偷东西的人的声音！

那个幕后黑手！

蓝小千呆呆地站在原地，一时半会儿还反应不过来。

那人抓住了明飞镜的弟弟？

和明飞镜做了整整六年的同桌，她当然知道明飞镜有一个双胞胎弟弟。只不过，因为父母离婚，两个人从小就分隔两地。在明飞镜心中，弟弟是很重要的人……

如果对方抓了明飞镜的弟弟，也就能解释他为什么会做出这些事情了！

"小千……"怔忡间，她看到明飞镜抬起头，神色凄凉地看着自己，"对不起……对不起……"

糟糕！有危险！

她立刻转身朝樱花馆大门跑，一边跑一边试图叫洛青銮的名字。

可她刚刚张开嘴巴，就立刻感觉到一块有着刺鼻气味的手帕猛地捂住了自己的口鼻。

是麻醉剂！

在失去意识之前，蓝小千拼尽了最后一丝力气，用力地张开手掌，让微型摄像机掉在了草坪里。

明飞镜并没有注意到那个微型摄像机，他只是紧紧地闭着眼睛，用颤抖的手捂住蓝小千的口鼻。直到感觉怀中的女生不再挣扎，他才松开手。

昏迷过去的蓝小千显得单薄而瘦小，有种平时看不到的脆弱感。

他用力地把蓝小千背起来，低声说了一句"对不起"。


醒过来的时候，天已经亮了。

蓝小千的手脚都被捆住了，整个人歪着躺在巨大的塑料布上。她用力地抬起头环视一圈，发现这里似乎是个废弃的仓库。仓库是用铁板搭建的，里面空荡荡的，只有角落里堆着几袋水泥。

"头好痛……"

蓝小千艰难地挣扎着坐起来，突然发现，在刚刚她没看到的角落里，坐着一个看起来很眼熟的男生。他坐在一张与这荒废的场景完全不相符的华丽沙发上，手里拿着一杯冰可乐。看见蓝小千醒过来了，他还饶有兴致地和她打了个招呼。

"蓝小千，你好啊。"

这个声音……他就是给星光馆打电话的那个人！也是下令让明飞镜把她绑架过来的人！

蓝小千的眼睛有点儿干涩，喉咙也不舒服。她努力抬起头，眯起眼睛看

过去。

"已经见过好几次面了，居然还是认不出我是谁吗？小千学妹，你认不出尹学长，这让我有点儿伤心啊。"

尹学长？

尹景伦！

他和平常总是畏畏缩缩的样子完全不同。鼻子上没有架着那副式样老旧的黑框眼镜，还换上了一身清爽的衬衣，厚厚的刘海儿梳了上去，整张脸显得十分帅气，还带着一丝邪恶，让人非常陌生。

蓝小千简直无法相信，这个盛气凌人的绑架犯，居然会是有求必应，乐于助人的好学长尹景伦。

天啊！如果尹景伦就是那个神秘的幕后黑手，那之前小琪请他帮忙查找舒桦的IP地址，岂不是自投罗网？

"尹景伦，你告诉小琪的地址是真还是假？他们失踪了，是不是跟你也有关系？"想通这一点，她顾不上自己的安危，焦急地发问。

尹景伦从沙发上站起来，走到蓝小千的面前，居高临下地看着她："是她自己拿着舒桦的消息跑来问我，这能怪谁？至于你说的失踪了……"

果然……他在其中动了手脚！

蓝小千气得简直想暴打他一顿，可是手脚都被牢牢捆住，她现在甚至连坐直身体都做不到，只能着急地看着尹景伦，等着他的下一句话。

好像很喜欢耍人玩一样，尹景伦恶劣地笑了笑："就算和我有关，我也不会告诉你的。"

他掏出手机看了看时间："现在已经是早上七点半了，樱花馆的人应该已经醒了吧？你说，如果我打电话过去，让洛青銮用'银色药剂'来换你，他会不会同意呢？"

"真无耻！"

现在的尹景伦完全没有了之前老好人的模样，整个人都格外嚣张。听见蓝小千这么说，他不但没有生气，甚至还微笑着道了一声谢："多谢夸奖。不过，似乎把你绑架过来的是明飞镜吧？如果我没记错资料的话，你们两个可是青梅竹马呢。就算无耻，也是他比较无耻一点吧？"

"明飞镜……"

虽然很生气，但蓝小千还记得，尹景伦命令明飞镜绑架自己的时候，似乎是用明飞镜的弟弟威胁了他。

"我听见你的命令了，你抓了他的弟弟，所以，我不怪他……要怪，我只会怪你这个罪魁祸首！"

她的眼里迸射出愤怒的光，如果眼神能杀人的话，恐怕尹景伦已经被她杀死很多遍了。

"很好！"听了蓝小千的回答，尹景伦甚至还鼓了两下掌，"精彩。你可真是个好朋友。只可惜，最后还不是被绑架到我这里来了？"

说到这里，他摇了摇手中的手机："现在，我可以用你名正言顺地威胁洛青銮了。我猜，他恐怕会为了你，把那瓶药剂送过来。"

3

这一夜，洛青銮睡得很不踏实。

他有个奇怪的毛病，每次吃多了巧克力都会很快就犯困。之前小琪还曾催促他去医院看看，但是因为身份的原因，他从来都是尽量远离医院和警察局，因此，到现在他也不知道这到底是什么问题。

昨天，蓝小千买了许多他爱吃的白巧克力，他一口气多吃了几块，困得差点直接在大厅里的沙发上睡着。之后虽然勉强回到房间，可顾不上换睡衣，他就直接倒在床上睡着了。

但是，梦境中的遭遇一点也不像是巧克力那样甜蜜，而是从头到尾充斥着恐怖的氛围。

他先是梦见"银色药剂"被人偷走；然后又梦见煜非和小琪被人误导，下了飞机后就被一群神秘人抓住；最后，整个樱花馆的秘密都暴露了，他和小厥为了躲避警察的追捕，不得不东躲西藏……

"呼……"

轻轻地长呼一口气，洛青銮半坐起身，靠在枕头上发了一会儿呆。

如果那个秘密真的曝光，他们三人的下场恐怕并不会比梦中的好多少吧？

"阿洛！阿洛！不好了！"洛青銮正准备起身下床，苏厥却突然冲了进来，他满脸都是惊慌，"小千不见了！而且刚刚我去她的房间看了，她连手机都没拿走！"

连手机都没拿走？

想起昨天蓝小千突然热情地买了许多巧克力，洛青銮的心猛地一沉："我们先去看监控……该死，我应该想到的，她之所以那么老实地答应离开，只是在麻痹我们，昨天她肯定采取了什么行动！"

苏厥利索地把洛青銮的笔记本电脑打开，连接上了监控室的电脑。很快，昨天晚上周围的监控画面就出现在了屏幕上。

他按动"快进"，不一会儿，蓝小千的身影就出现在了视频里。她一身黑色的衣服，甚至还拿着一瓶饮料，藏在了花坛和墙壁中间的缝隙里面。

"继续快进。"

苏厥满脸担忧地继续按着"快进"。

很快，就看见蓝小千从藏身的缝隙中跳了出去，但是因为监控摄像头的范围所限，其他的什么也看不见。

"她为什么要突然跑出去？难道是去阻止来偷东西的贼？"苏厥反复地播放着这段视频，却仍然没有发现其他有价值的情报，"这个笨蛋，她难道不知道这样有多危险，别人会有多担心吗？"

洛青銮沉默地看着视频，没有跟着苏厥一起抱怨，而是伸手把画面定格在了一个能看见蓝小千正脸的镜头，不断放大。

"她在生气……"画面中，蓝小千的脸有些模糊不清，但是仍然能够看出她的表情似乎很愤怒。

　　洛青銮沉着地分析道："如果只是一个小偷，她没必要这么生气，一定是有别的原因。而且……她如果真的在挣扎中发生了意外，以小千的聪明才智，一定会留下线索的。我们出去看看。"

　　来不及换衣服，洛青銮就像风一样，迅速朝外面跑去。

　　现在刚刚六点半，外面的路上几乎没有什么行人，空气中还残留着夜晚的凉意。刚刚爬上来的太阳洒下的光芒也还没有午间的灼热感。

　　洛青銮从樱花馆中冲出来，一眼就看见了地上的一条白色手帕。

　　他走过去，捡起来闻了闻，发现上面有种十分刺鼻的味道。

　　苏厥也凑过来闻了闻："这个味道，好像有点儿熟悉。"

　　"这是医用麻醉剂的味道……"洛青銮满脸阴沉，用力地攥紧了手帕，像是要把它捏烂一样，"在附近找找，看看有没有小千掉下来的东西。"

　　"医用麻醉剂？"苏厥几乎要跳起来了，"这么说，小千被人用这个迷晕了？这是绑架！"

　　"如果是绑架的话还好，至少会有人来和我们商量交换条件。"洛青銮蹲下身去，在草坪中发现了一个黑色的小东西，捡起来一看，是个微型摄像机。

　　苏厥也凑过来看："这个应该是小琪做的吧，没有什么标志，外表也有点儿粗糙。"

　　"这个摄像机没有播放功能，我们进去连上电脑看看都录了什么。这应该是小千被绑走之前特地扔在地上的。"

　　两人进了樱花馆，直接把摄像机接到电脑上，播放里面的视频：蓝小千

208

发现了明飞镜的身影，气昏了头，直接跳出去质问对方……

看到这里，洛青銮和苏厥都沉默了。

"明飞镜……想不到居然会是他。"苏厥先开口打破了樱花馆内的沉默，"我之前就一直看他不顺眼，但是真的没想到，居然是他要来樱花馆偷药剂！而且，他和小千不是青梅竹马吗，这也太过分了吧？"

洛青銮没接苏厥的话。

苏厥有点儿奇怪地看过去，却看见洛青銮的手紧紧地攥着那块白色手帕，俊美的脸上阴云满布，浅褐色的眼眸里也暗沉一片，看不见一点光。

他还是第一次看见阿洛露出这么可怕的表情。

就在这个时候，九月樱花馆的电话突然响了起来。

听到这刺耳的"丁零零"声时，两人都愣了一下。

这个固定电话，从搬进来以后就从未有人拨打过，久而久之，他们都快忘记了。

苏厥冲过去接起了电话，第一时间就递给了洛青銮。

"喂？"

对面响起了一个有点儿陌生的男声。

洛青銮对这个声音没什么印象，但是他知道，这绝对不是明飞镜的声音。

"蓝小千现在在我的手上，如果想让她回去的话，就拿'银色药剂'来换。"

"可以。"洛青銮想也没想，就飞快地做出了回答。似乎那不是世上独

一无二的、能够让人沉睡一百年的神奇药剂一般。

电话那头的人仿佛也没料到他会答应得这么爽快，居然沉默了。

"我可以把药剂给你，用来换蓝小千平安无事地归来。"洛青銮沉下声音，重重地强调了"平安无事"这四个字，"但是现在，我需要确认她的安全。只有她完好无损，我才会跟你交换。"

电话对面沉默了一下，然后传来一些杂音，接着，蓝小千有点儿哽咽的声音传了过来。

"对不起……都是我太任性了。如果我乖乖听你们的话，就不会发生现在的事了……"

"没关系，先不说这个。"和刚刚与绑匪对话时相比，现在洛青銮的声音简直温柔得像是在哄人入睡，"你告诉我，你到现在吃东西了吗？身上有没有哪里受伤？头还痛吗？你是被麻醉剂迷晕过去的，应该多喝点水。"

"没有……我一直被捆住四肢，没吃东西，也没有喝水……"

洛青銮皱起了眉头，简单地安慰了蓝小千几句，电话又重新回到了绑匪的手里。

"怎么样？确认过了吧？"

"你把她的手解开，给她最好的照顾，她要什么都答应……要不然，我可不知道把药剂交给你时，会不会在里面掺些什么。"洛青銮抿了抿薄薄的唇，冷酷无情地说，"交换的时间、地点由你来定，越快越好。"

"啧啧，真是重情义啊。那就明天下午进行交换。至于交换的地点，我会提前发信息到你的手机上。"

电话被挂断了，洛青銮一脸阴沉地把话筒重重地摔下。

苏厥的脸上也失去了平日的笑容。

韩煜非不在，九月樱花馆少了一个很重要的战斗人员，而现在小千也落到了别人手上……

那个幕后黑手特意选了这个时机动手，那么他们岂不是一点儿希望也没有了？

"阿洛。"苏厥感伤地拍了拍洛青銮的肩膀，"大不了，我和你一起亡命天涯。"

"胡说什么！"洛青銮蹙起眉头，眼里燃烧起异常明亮的光芒，"没到最后一刻，我们谁也不要放弃！现在我们就去调查明飞镜！"

"不用了！"

突然，一个熟悉清脆的女声传来，与此同时，本来虚掩着的樱花馆大门也被人用力地推开了。

"关于明飞镜的事，我和韩煜非已经查得差不多了。尹景伦绑架了他的弟弟，威胁他来樱花馆偷'银色药剂'。现在他成功了吗？"

一个拥有着天然卷长发、可爱苹果脸的女生走进了樱花馆。

这不是失踪了好久的秦琪，又是谁？她身后还跟着一个和明飞镜长得一模一样的男生。

与此同时，满脸冷漠的韩煜非也慢慢地走了进来。

秦琪环视着樱花馆的大厅，有点儿疑惑地问道："你们两个都在这里，小千呢？她去哪里了？"

苏厥哭丧着一张脸，没有作声。秦琪走之前可是和他们交代过了，一定要照顾好蓝小千。可是现在……

"小千被尹景伦绑架了。"洛青銮的声音响了起来，如果仔细听的话，能发现他的声音因为愤怒而微微地颤抖着，"尹景伦要求我明天下午拿着'银色药剂'去换回她。"


4


在和洛青銮通过电话之后，蓝小千的待遇终于提升了一点，不再是被捆住手脚躺在地上。尹景伦大发慈悲地给了她一把椅子，又把她的脚和左手都锁在了椅子上，给她留了一只右手吃饭、喝水。

蓝小千生气地不去看他，她现在只恨自己的战斗力实在是太差了！本来她是想要帮忙的，现在却变成了这样子……如果自己不是那么自信满满，那瓶"银色药剂"或许还不会失窃。可是现在，为了让她平安回去，洛青銮竟一口答应把那瓶药剂送过来作为交换……

蓝小千沮丧地低下头去，用唯一能活动的右手抹掉脸上的泪珠。

"我现在要出去办点事情，明飞镜会替我继续看着你的。不过，我希望你最好别打什么主意，他的孪生弟弟可是被扣在我手里。如果他放走你，我会让他弟弟付出惨重的代价！"

明飞镜已经走进了房间，蓝小千抬起头，看着他面无表情地帮尹景伦打

212

开门，然后坐在刚刚尹景伦坐过的地方。

"飞镜……"

蓝小千开口叫出对方的名字，却不知道接下来要说什么。

让明飞镜放了自己？可是尹景伦都那么说了，她觉得自己完全无法开口。助纣为虐当然不对，可是……可是人家的弟弟在尹景伦手里啊。

她正在犹豫的时候，却突然看见明飞镜走了过来，从口袋里掏出了一把小小的折叠刀，把她手上和脚上的绳子都割断了。

"飞镜，那你弟弟怎么办？"

明飞镜一边迅速地把绳子从蓝小千的身上解下来，一边低声在她耳边说："刚刚我接到了一个神秘电话，说我弟弟已经被救出来了。"

救出来了？

蓝小千瞪圆了眼睛："是谁这么厉害？居然能神不知鬼不觉……"

"先别说这个了。趁着尹景伦走了，我们先赶紧离开这里。我也不确定他什么时候会发现我弟弟已经不在他手里了，万一他加强防卫，到时候就不好逃走了。"

明飞镜扶着蓝小千从椅子上站起来，她忽然间一个趔趄，明飞镜有点儿着急："怎么了？是腿麻了吗？"

"是……"蓝小千点了点头，说道，"不过没事，我们现在赶紧离开这里……啊！"

她没想到，明飞镜干脆直接把自己背到了背上。

"你搂紧我的脖子，我去开门。"

　　仓库的大铁门上布满了锈迹，一拉就嘎吱作响。明飞镜一只手用力地搂住趴在他背上的蓝小千，另外一只手费力地把门锁打开，把大铁门拉开。

　　因为需要用力，这个过程中他一直是低着头的。他正准备重新把门关好，突然就觉得蓝小千用力地敲了敲他的背。

　　"怎么了？"

　　"尹景伦……他根本就没走。"

　　本来应该出去办事的尹景伦，正稳稳地坐在仓库大门外的一把椅子上，头上甚至还有一把巨大的遮阳伞。而他身后站着的几个黑衣人，此时已经沉默地靠近了二人。

　　"明飞镜，你以为你的电话我没有窃听过吗？我承认，韩煜非确实运气很好，我特意安排人在机场抓他们，却被舒桦派来的人救了……"尹景伦眯了眯眼睛，似乎想到了什么不快的事，"幸好舒桦那家伙这次还是没回来，不然我可能都不是他的对手……不过接下来，就要换成你做人质了。"

　　尹景伦对着明飞镜说了几句，就转头向黑衣人下令："把他们两个的眼睛蒙住，手捆起来，我们换个地方。"

　　蓝小千被黑衣人从明飞镜背上拉了下来，她明显听到明飞镜有些难过地对自己说了一句"对不起"。

　　"刚刚如果我不那么鲁莽，先看看外面的情况就好了……"

　　"没关系啦。"黑衣人用力地捆绑，把蓝小千的双手勒得有些疼痛，不过她突然知道了韩煜非和秦琪的消息，心底顿时升起了无尽的勇气，"相信我，我们不会有事的！"

说完，她就转头看向尹景伦："等洛青銮把药剂送来，你会把明飞镜也放走吧？"

"那我可就不确定了——"尹景伦把尾音拖得很长，听起来阴森森的。自从他暴露了自己的身份后，就彻底和过去那个畏畏缩缩的尹景伦不一样了，不但变得十分狂妄自大，还有点儿像是电影里的小丑一样，恐怖中带着一丝变态。

"你是我抓来的人质，但是明飞镜可是背叛过我的人，我对叛徒的耐心可一向都不太好。"

说完这句话，他对着黑衣人下令："把他们两个带上车，路上尽量不要被人看见。"

被黑色眼罩罩住眼睛，一瞬间，蓝小千什么也看不到了。

黑衣人拽着她手臂的动作十分粗暴，只不过是从仓库门口到上车这短短一段路，她就有好几次差点跌倒在地。

终于被推搡着上了车，她感觉到身边坐着的是黑衣人，并不是明飞镜。

难道尹景伦要把他们分别关押起来？

"我想喝水，我现在头好晕……"她试探着向黑衣人提了几个要求。

可是不管她说什么，对方都像是没听到一样，完全没有任何回应。

车子发动了。

因为惯性，毫无防备的蓝小千一下子撞在了靠背上。她想起电影中的桥段，可以默默地数数来记录车子走过的路程和转弯方向。试了几次，她沮丧地发现，根本记不住！

　　短短的几分钟，车子已经左转右转了好几次，她一开始还尝试着把每一次转弯都记录下来，但是不过记了四次，她就彻底放弃了。

　　而且，这里是她不熟悉的C市，就算真的记下了路程，她恐怕也推测不出究竟自己会被转移到哪里。

　　其实……她真的有些害怕了。

　　虽然之前一直都装得很镇定，在洛青銮打电话的时候也没有痛哭流涕，可是她真的很害怕啊……她十几年的人生中，别说被绑架了，就连被抢钱包，都只是在机场遇见过那么一次而已。

　　现在眼睛被蒙住，双手被捆在身后，之前强压下去的恐惧顿时一股脑地涌了出来，蓝小千突然觉得嗓子有些哽咽，鼻尖也忍不住泛酸。

　　洛青銮，快点儿来救我……我好害怕。

CHAPTER

# 10

# 第十章

你似月光盛开

1

时间一分一秒地过去，然而不管是尹景伦，还是带人去仓库救人的韩煜非，都没有传来任何新的消息。

寂静的九月樱花馆里，苏厥像是停不下来的电子玩具一样，皱着眉头在大厅里一圈一圈地转着。

"苏厥，你好好地坐下！你转得我都头晕了！"

秦琪实在是看不下去，忍不住大声阻止了他，然后将担忧的目光投向了一旁发呆的洛青銮。

虽然他平时总是温柔又优雅，但是她知道，那只是他用来掩饰内心惶恐的武器。就像现在，洛青銮虽然仍然笔挺地坐在靠背椅上，但双手紧紧握住咖啡杯，像是要把手中的马克杯捏碎。

"阿洛，你手上的伤还没好，不要这样折腾自己。"她低声劝说，"别担心，我们和明飞镜通过电话，知道了关押他们的地址，煜非一定会带人把她救出来的！"

"但愿如此……"洛青銮的声音低沉得几乎听不清，里面流淌着一丝难过，"我知道，我现在最应该做的就是留在这里，尹景伦很有可能会找人监视樱花馆的一举一动，我要留在这里不让他怀疑才对。可是，一想到小千被人绑架，那么无助……"他抬起头看着秦琪，"如果煜非不能顺利地把小千救出来，我就拿那瓶药剂去把她换回来。"

"银色药剂"那样的东西，如果落在尹景伦这样的坏人手里，说不定会被拿去做什么坏事……

想到这里，秦琪皱了皱眉，但还是伸出手扶住了洛青銮的胳膊："好！"

说到这里，秦琪的手机响了起来。她赶紧接了起来："煜非！小千怎么样了？"

洛青銮的目光立马落在了她脸上，白皙俊美的容颜上满是希冀。可是，当他看到秦琪越来越难看的脸色，心情也跟着渐渐沉落下去。

秦琪挂断电话，为难地摇摇头："煜非传来消息，他赶去的时候，那个仓库一个人都没有了。而且，明飞镜的电话现在也打不通，可能是被尹景伦发现了……"

她的话音刚落，樱花馆的固定电话就响了起来，"丁零零"的刺耳声音钻进每一个人的耳朵，敲击在大家的心上。

洛青銮几乎是整个人跳了起来，飞快地跑过去接起了电话。

"小千现在在哪儿？"

秦琪也紧张地站在电话旁边，听着对面尹景伦和昔日完全不一样的声音，屏住呼吸听着。

"哈哈哈。"尹景伦夸张地笑了几声，"告诉秦琪老实一点，下次如果再有类似的事情，我可就不保证蓝小千能完好无损地回去了。"

"那我也不能保证'银色药剂'被完好无损送达你的手中。"

虽然接电话之前洛青鋆一直是一副十分担心、焦急的样子，但是在接起电话，和尹景伦交涉的时候，他却像是变成了另一个人，冷静、高贵、缜密。

针对小千的营救行动已经失败，现在他只能靠自己："你也只是想要那瓶药剂吧？别伤害小千，这样我才能保证不破坏那瓶药剂。"

对面的尹景伦安静了片刻，然后才开口："很好。两个小时后，我会临时发信息告诉你地点。你现在准备好'银色药剂'，不许报警，不许带其他人，不要耍什么小聪明。只要你把'银色药剂'带来，我不但把蓝小千完好无损地放掉，那个明飞镜，我也可以给你们。"

"可以，那我接下来就等你的消息，也希望你能保证蓝小千的安全。"

"哈哈！那是自然。"尹景伦得意的笑声格外刺耳，"还有，你在来的时候最好自己把双手捆住。我知道你十分擅长西洋剑，我可不希望到时候变成你英雄救美的布景板。"

这怎么能行！

在旁边屏息凝神地听着他们对话的秦琪焦急地上前一步，想要插话，却被洛青鋆的手势制止了。

他冷静地对着电话讨价还价："你既然一直在监视我们，就应该知道我右手受伤了吧。这种伤哪有那么容易痊愈？如果连这样的我都还需要忌惮的

220

话，你这个绑匪做得也太失败了吧。"

尹景伦迟迟没有回答，似乎是在考虑洛青銮的话。

见他有一丝犹豫，洛青銮继续说："而且，把双手捆好去见你们，走在路上难道不怕引人注目吗？'银色药剂'这种东西，如果万一在路上就被偷了，恐怕你会得不偿失。"

说到底，还是这番话让尹景伦下定了决心。

"既然你的手受了伤，那就直接过来吧。我的手下也不是吃素的！"他强调了一句，"我要的是全部的'银色药剂'！如果你敢耍花样，我是绝对不会客气的！"

说完，尹景伦用力地挂断了电话。

苏厥在旁边压抑了半天，这才忍不住出声："阿洛，你真的打算独自一人去交换小千吗？你手上的伤还没痊愈，万一尹景伦不遵守承诺怎么办？"

洛青銮抿着嘴唇，脸上有种混合了担忧和坚毅的微妙表情："从一开始，我就知道尹景伦不会老老实实地完成人质交换的约定。但是不管怎么样，这次我必须去。"

他勉强扯出一个微笑，看着苏厥："别担心，尹景伦不知道也就罢了，你难道不知道我是左撇子吗？"

秦琪忧心忡忡，想来想去，她跑进了电梯，过了好一会儿，才气喘吁吁地抱着一个小盒子跑了下来。

"这是我之前做的跟踪器，只要你把这个东西放在身上，我就能知道你的具体位置。"她把盒子打开，拿出了一枚纽扣形状的东西，还有与之配套

的接收器，"而且，这枚跟踪器是可以逃过电子设备检测的。我把这个当成纽扣给你缝到衬衫上，尹景伦绝对不会发现的！"

换好衣服，做好一切准备，洛青銮来到秦琪的实验室。

"银色药剂"被保存在一支试管中，他举起试管，银色的液体在试管中荡漾着，在窗外射进来的阳光下反射着七彩光芒。

"小千，别怕，我这就过来救你。"


2


秦琪紧张地往衬衫上缝扣子的时候，蓝小千也终于被黑衣人们带到了下一个地点。

下车之前，黑衣人把她的眼罩摘了下来还给她披了一件衣服，挡住她被捆在背后的双手。

这样做，是怕被别人发现吗？

一路上没有交流的两个黑衣人第一次开口，警告了她一句："蓝小姐，希望等下你能配合我们，不要试图呼救，也不要向路人泄露什么情报，要不然，樱花馆的秘密就保不住了。"

她就知道，尹景伦不会让她有机可趁的。

见蓝小千点了点头，黑衣人这才下车打开车门，扶着她下了车。

蓝小千迅速地观察了一下周围的环境，出人意料地，这里居然是一个很普通的居民小区。就在她下车的这段时间，已经有几个人从旁边走过去了。

不过，想到刚刚尹景伦的威胁，她还是克制住了呼救的冲动，默默地走在两个黑衣人的前方。

路过面包店的时候，她偷偷地看了一眼自己在玻璃门上的影子，苦中作乐地想着：这么看起来有种黑衣人是自己保镖的感觉，路人会不会以为她是什么出门需要带着保镖的富家小姐呢？

就在她这么想着的时候，突然从玻璃门中看见，身后有两个女生对着自己和黑衣人的背影不停拍照。不过，她的脚步刚刚稍微停了一下，黑衣人就立刻用力地拉着她朝前面走去。

"快点儿走！"

蓝小千跟跟跄跄地被黑衣人拉进了一座破旧的居民楼。她顾不上去想刚刚的事情，趁着还没被戴上眼罩，抓紧观察居民楼里的环境。

还好，用来关她的房子是在二楼，如果真到了紧急时刻，这个高度从窗户逃生还是有可能的。

一个黑衣人毫不客气地把她重新捆在了一张椅子上，另一名则给尹景伦打电话报告。

蓝小千竖起耳朵认真地听着电话对面的声音，不过只是听见了几个关键词而已。

"可以……等下就交换……药剂……"

难道……洛青銮马上就会来了？

听到这个消息，蓝小千一方面十分高兴终于可以从这个地方离开了，另

一方面又忍不住心生愧疚。

如果不是她之前太过于鲁莽，现在一切都已经结束了，秦琪和韩煜非把明飞镜的弟弟救了出去，而洛青銮也可以好好地待在樱花馆，不用把"银色药剂"拿出来。

她微微低下头去，感觉眼罩微微被泪水打湿了。

不知道洛青銮现在在做什么呢？


被牢牢地捆在椅子上的蓝小千自然猜不到，现在的洛青銮正拿着手机边看信息边按照信息上的要求做。

或许是怕了之前韩煜非的营救行动，尹景伦这次没有干脆地给出一个地址，而是要求洛青銮按照他信息上的要求行动。

第一条信息的内容是："从圣樱学院出发，乘坐153路公交车。"

洛青銮那只完好无损的左手提着一只黑色的箱子，里面就装着尹景伦心心念念想要得到的"银色药剂"。

之前，他们已经得到了消息，秦琪和韩煜非在法国为了救出明飞镜的弟弟，早就捣毁了他的老窝，而且报了警。现在的尹景伦绝对是元气大伤，所以想来，也不可能有太多人手。

坐上公交车，洛青銮不动声色地左右观望着。这辆车很空，没有几个乘客。他还来不及看清他们有什么异样，这个时候，手机"嗡嗡"地响起，第二条信息来了。

"把手机丢掉，公交车最后的座位底下有一部手机。接下来，用那部手机联络。"

洛青鋈想了想，走到公交车最后一排座位前，一眼就看见座位下有一部黑色手机。他眼也不眨地把自己的手机从车窗丢了出去。几乎同时，新手机立刻收到了一条信息。

"东桥站下车，然后走到广场的正中央。"

洛青鋈按照尹景伦的指示，走到了广场的正中央。这座广场占地面积不大，却很热闹。广场的正中央有一座巨大的罗马式喷泉，精灵女神的雕像伫立在池子里，手中的水瓶不停喷涌出晶莹的水花。

"现在走进喷泉池，全身浸泡三分钟，只要让手机别进水就行。"

看见这条信息的时候，洛青鋈只觉得心里咯噔一下。想不到，尹景伦居然如此狡猾，他恐怕早就怀疑自己身上有追踪器，所以才特地提出这个要求。那枚追踪器被水一泡，也不知道会不会失效。

他走进喷泉池，闭上了眼睛。

周围的行人纷纷窃窃私语。早在洛青鋈出现在广场上的时候，就已经引得许多人争相看了过来。毕竟，这么俊美的少年不是每天都能看见的。可谁也没想到，美少年站了一会儿之后，居然走进了喷泉池！

这年头，帅哥是不是都太特立独行了一点？

难熬的三分钟终于过去了，洛青鋈努力呼吸着灼热的空气，就在觉得自己快控制不住脾气时，新的信息来了。

"郁金香小区，六号楼。"

终于来了！

洛青銮从水中站起身，白皙得近乎透明的脸上，滚落几颗晶莹的水珠。他的神情沉静得可怕，犹如暴风雨之前的宁静。


3


在被黑衣人带到房间之后，过了好一会儿，蓝小千终于看见尹景伦赶了过来。

"明飞镜呢？你把明飞镜关到哪里去了？"

看到尹景伦，蓝小千的第一反应就是问明飞镜的下落。虽然之前她被他陷害绑架，但是在得知他的苦衷之后，她现在反而更担心他的安危。

"你倒是一点也不记仇。"或许是因为马上就能够拿到药剂，尹景伦笑容满面，面对蓝小千也和颜悦色了许多，"再过五分钟，你就能看见洛青銮了，期待吧？"

说着，他从口袋里取出一块手帕："只不过，为了不让你在关键时刻捣乱，只能暂时委屈你一下了。"

蓝小千可不希望嘴巴被这东西塞起来。

"我不要！"

蓝小千用力地挣扎着，可是椅子被旁边的黑衣人牢牢地按住了，她的手脚又都被紧紧捆绑在上面，只能无力地看着尹景伦把手帕塞进自己的嘴里。

可恶，尹景伦，如果你落到我手里，我一定要在你嘴巴里塞抹布！

"很好，这样等下你就不能捣乱了。"尹景伦眨了眨眼睛，还算俊朗的脸上露出一个阴森的笑容，"你猜，等下洛青銮把药剂给我之后，我会不会乖乖地把你放掉呢？"

他要反悔！

蓝小千瞪大眼睛，用尽全力想把口中的手帕吐出去，可是不管怎么用力，都只能发出"呜呜"的声音。

就在她既担心又愧疚的时候，洛青銮来了。

尹景伦接到了楼下黑衣人的报告，他得意地看了一眼蓝小千："放他上来吧。"

说着，尹景伦打开了房间的门。

蓝小千听着跑上楼梯的脚步声，激动极了。不过短短几秒钟，洛青銮就出现在了门口。

刚刚在喷泉池中浸湿的衣服还没干，他整个人看起来有些狼狈，虽然面容依旧白皙如玉，但这次就像是落难的贵公子。

蓝小千眨眨眼睛，知道他这是为了自己，不由得更加奋力挣扎起来。

快走！快走啊！他是不会遵守约定的！

她急得拼命地想要发出声音，却只能发出模糊不清的鼻音。

洛青銮一眼就看见了被绑在椅子上的蓝小千，还有她嘴里的手帕，他的脸色立刻阴沉了下来："尹景伦，把她解开！还有，拿掉她口中的手帕。"

一直以来，尹景伦表现得都十分镇定，蓝小千还以为他并不怎么害怕洛

青鋈，但现在，尹景伦竟迅速躲在了一群黑衣人身后。

"绳子我可以解开，不过，在这之前你得先让我看见药剂，验过货之后再放人。"

别给他！

蓝小千拼命地想要提醒洛青鋈。

洛青鋈看着她手上被绳索勒出来的红色印记，抿紧嘴唇，从箱子里取出了放着"银色药剂"的盒子。

装着"银色药剂"的试管被取出来的一瞬间，尹景伦似乎连呼吸都停住了，贪婪让他的脸庞都扭曲狰狞起来。

"这就是全部？"

洛青鋈把试管举高了一点儿："你不是一直处心积虑地想要得到它吗？难道你会不知道这是不是全部？"

"好……把试管给我。只要你把试管一给我，我就立刻放掉蓝小千。我和她之间没什么仇怨，把她继续扣在手里也没什么益处。"

洛青鋈迟疑了一下，把试管递给了一个黑衣人。

不要啊！

蓝小千在内心大喊着，但是她的嘴巴里被塞了手帕，甚至连一点声音都发不出来。

"传说中的'银色药剂'，我终于得到你了！"尹景伦得意地笑了两声，看向对面的洛青鋈，"对不起，洛青鋈，我要失约了。虽然蓝小千对我确实没什么用处，但是现在药剂在我手里，如果没有一个人质，我怎么知道东西会不会被秦琪她们抢回去？放心，只要我平平安安地出国，我就会把蓝小千放了的。"

他挥挥手，刚刚才解开的绳索立刻又被重新绑了上去。

"你骗我！"

洛青銮站在原地，看着几个黑衣人把蓝小千重新绑在椅子上，其中两个黑衣人甚至还试着把他往门外推。

"是啊，我骗了你，有本事你就来打我啊！"

尹景伦嘲讽地看着洛青銮绑上了绷带的右臂，丝毫不把他的话放在心上。他在国外的势力已经完全被韩煜非摧毁，他现在满心都是想着如何利用这一支药剂，来为自己争取到最大的利益。

"打你？很好，那我就如你所愿……"

被用来囚禁蓝小千的这个房间虽然位于居民小区里，却是一间只装修了一点点的毛坯房，地上还七零八落地堆放着各种装修用的建材。

一进门，洛青銮就注意到在玄关进门左手处立着许多不知道做什么用的木板，看起来很沉重的样子。

尹景伦一挥手，五个黑衣人就围了上来。

洛青銮后退了一步，重重地一踹那些木板。

"砰！"

"哗啦啦！"

一时间，几十块沉重的木板像多米诺骨牌一样依次倒了下去。

尹景伦的手下都来不及反应，就被木板重重地压在了下面。五个黑衣人

之中，只有一名侥幸从下面逃了出来。

洛青鎏嗤笑一声："很遗憾地告诉你，尹景伦，我不但是个左撇子，而且有一样很重要的武器，那就是智商。"

　　　　　4

尹景伦的打手一下子损伤惨重，唯一剩下的那个，对上左手完好的洛青鎏也同样占不到任何便宜。快速地交了两下手，他被洛青鎏一个飞踢，猛地踹出好远。

看着为了自己奋战的洛青鎏，蓝小千只感觉眼眶热热的，泪水慢慢地涌了上来。

"别过来！"洛青鎏轻而易举地把几个黑衣人打倒，尹景伦有点儿慌了。

这些已经是他最后的人手了，他怎么也没想到，自己原本是一个富可敌国的企业继承人，居然会因为一支小小的"银色药剂"损失这么惨重。不过，"银色药剂"是他最后的翻盘机会，他才不得不冒着被发现的风险，亲自出来绑架蓝小千。

可是，居然一个照面，手下就全被洛青鎏干掉了！

"一群废物……"他咬牙切齿地诅咒着，一把拔开"银色药剂"的木塞，抽出蓝小千嘴里的手帕，"你要是再往前一步，我就把这药剂给她喝下去！如果我真的这么做了，等到蓝小千醒来的时候，你还在不在人世呢？"

被这么威胁，洛青銮眯起了眼睛，眼神里充满危险的意味。可是，因为顾及尹景伦手中的蓝小千，他不得不后退了两步。

"桌子旁有一根铁棒，看见了吗？拿起来用力敲断自己的腿！"尹景伦冷冷地看着他，吐出残酷的命令。

"不行！"蓝小千用力地喊了出来，"洛青銮，不可以！如果你这么做，我一辈子都不会原谅自己的！"

"蓝小千，你还是想想你自己吧……"尹景伦低下头，用力地把那瓶药剂朝蓝小千的嘴边凑了凑，"如果他不按照我说的做，你就要喝这个东西了。我想，你应该知道'银色药剂'的效用吧？"

被尹景伦威胁着，蓝小千拼命地闭紧嘴巴，尽量把头往后仰。

这"银色药剂"有一种十分特别的味道，当凑近的时候，她觉得自己从心底升起一股冲动，几乎要主动去喝它！

太可怕了……

蓝小千奋力远离试管，趁着尹景伦低头时，突然看见洛青銮迅速对自己眨了眨眼睛。

虽然不知道他眨眼睛是什么意思，但是蓝小千突然觉得安下心来了。

此刻，洛青銮已经把铁棒取了过来，可是他高高把它举起，迟迟不肯落下。

"别犹豫了，我保证，只要顺利出国，卖掉这支神奇的'银色药剂'……"

"砰！"

一阵风掠过，蓝小千眨了眨眼睛，还没弄清到底出了什么事，就发现神气活现、不可一世的尹景伦软软地倒了下去，而刚刚还一脸犹豫的洛青銮立刻冲了过来，一把接住了"银色药剂"，眼疾手快地把塞子重新塞了回去。

这是怎么回事？

蓝小千有点儿蒙，直到一双熟悉的手臂从后面环住了她，一个清脆甜美的女声在她耳边响起："小千，今天可是把我吓死了！"

"啊！"她猛地叫出声来，"小琪！"

大家一起围了过来，很快就帮蓝小千把绳索都解开了。秦琪有点儿心疼地帮她按摩着手腕上的青紫瘀痕。

"对不起……"蓝小千再也忍不住，泪珠一串串地滚下，"我以后再也不会轻易冒险了！小琪，谢谢你！你怎么会突然出现？呜呜呜……我快要吓死了！"

"这个就得感谢你了！"秦琪用力地拍了一下蓝小千的肩膀，笑眯眯地讲述着事情经过，"本来我们是打算跟着阿洛来的，可尹景伦实在是太狡猾了，他不但让阿洛扔掉了手机，甚至让他在喷泉池里泡了一会儿，我放在阿洛身上的跟踪器完全不能用了。"

"可是……你们还是找过来了啊。"

韩煜非也跟了过来，他和洛青銮两个人捡起了地上的绳索，把尹景伦一圈一圈捆得像粽子一样。

看到尹景伦，蓝小千一下子想起了自己的愿望，在屋子里逡巡了半圈，找到一块脏兮兮的抹布。

看着蓝小千拎起抹布，尹景伦心如死灰。

"哼，让你刚刚堵我的嘴巴！"

秦琪"扑哧"爆笑出声，摇了摇头："这次真幸运，我们找到了明飞镜两兄弟，接下来和警察打交道的事，就都交给他们处理了。"

"哦。"蓝小千认真地点点头，"我以前就听说过，明家还是个大家族呢。"

见尹景伦在地上还不老实地扭来扭去，秦琪忍不住踢了他一脚："我们能找到这里，全亏了小千你自己！之前你被黑衣人押送时，有粉丝认出你，拍了照片发到了微博上。我看见照片，这才知道你被押送到了这里。"

她热情地搂起蓝小千，把她推到洛青銮面前："我还要留在这里善后呢！阿洛，小千就交给你了，一定要把她好好地带回樱花馆哦！"


看着身上还湿漉漉的洛青銮，蓝小千觉得脸上有点儿发烫。

洛青銮倒是还不忘把尹景伦身上的绳索再紧一紧，才把"银色药剂"重新交给了秦琪，转头带着蓝小千走出了这栋楼。

蓝小千深吸一口气，真挚地道歉："阿洛……对不起。"

"嗯？"洛青銮诧异地回头，看到她憋得通红的脸，才反应过来。

"没关系的。"他伸出手摸了摸蓝小千的头，让她只觉得心里暖融融的，"不要再让我这么担心了。"

他精致的眉眼在阳光下显得更加迷人，发丝被风轻轻拂动，蝶翼一样的睫毛也轻轻地颤动着。他低下头，眼睛微微睁大，认真地看着蓝小千："幸好你没事。"

"我……"蓝小千有点儿手足无措。她垂下眼帘，不敢直视洛青銮的眼睛，白皙的手指紧紧地握在一起，洁白的牙齿紧紧地咬住了下唇。

这次都怪她太任性，不然也不会有这么多波折了。如果真的因为她的事情让药剂落到了尹景伦手里，她一定不会原谅自己……

"别咬……"

一声轻轻的叹息响起，洛青銮修长的手指触上了她的下巴，轻轻抬起。他伸出大拇指，轻轻地按住了她粉色的唇瓣。

这样的动作……

蓝小千只感觉脸滚烫滚烫的，她微微躲开这亲昵得让她有些羞涩的动作，却被一双有力的手臂搂进了一个温暖却有点儿湿润的怀抱。

一个吻轻轻地落在她的唇上，她眼中全是他温柔得近乎宠溺的神情。

"我喜欢你。"

她的身子僵了一瞬间，随即抬起双手抱住了洛青銮。

"我也……喜欢你。"

她轻轻的回应几乎被风一起带走，幸好紧紧地把她抱在怀里，洛青銮才听清楚了最后的那三个字。

感谢你来到我身边，我的月光少年。

EPILOGUE

# 尾声

九月樱花馆里，最不开心的人是谁？

"当然是我……"

没精打采的苏厥坐在沙发上，甚至连平时最喜欢吃的零食也没心情吃了。他有点儿无奈又有点儿崩溃地看着叽叽喳喳聊着天的秦琪与蓝小千，还有后面那两个完全见色忘友的好朋友。这段日子，他过得十分凄凉，每天一大早起来就看见两对情侣在秀恩爱。

只不过，这样的日子就要到头了！暑假马上就要过去，蓝小千就要回到宝光市了！

想到这里，苏厥朝四人情侣组合的方向喊了一嗓子："小千啊，明天你是不是就要回到宝光市了？行李都收拾好了吗？到时候用不用我陪着阿洛一起送你去机场？"

刚说完，他立刻就感觉一道冰冷的目光狠狠地飞到了自己的脸上。

阿洛这家伙……

不过，看着蓝小千一瞬间泫然欲泣的脸，他突然又觉得自己有点儿过分了。

"我真是舍不得你们啊……"经苏厥提醒，想到了明天就要离开的事实，蓝小千有点儿伤心地握紧了秦琪的手，回头看向苏厥，"苏厥，宝光市有种特产的桃子特别好吃，我回去了就给你邮寄一箱过来。你要注意一次不能吃太多，不然会肚子疼的。"

听见蓝小千这句话，苏厥顿时更加内疚了，他有点儿不自然地说道："小千，你真的不能转学过来吗？圣樱学院这边的事，我们几个完全可以替你搞定的。"

蓝小千摇了摇头："如果能够到圣樱学院上学，想必爸爸妈妈也都会很开心的。但问题是，我的英语太差了，根本没法通过圣樱学院的考试。"

她叹了口气，有气无力地趴在了桌子上。

洛青鋆走了过去，轻轻地搂住她的肩膀，安慰着她："没关系的。而且，就算是你来到了圣樱学院，这一年也必须拼命学习才行，没有时间好好玩耍。每个周末，我都会去宝光市看你的。"

每个周末？

蓝小千有点儿犹豫："会不会太麻烦了……"

"只要能看见你，就算是让我每天都跑过去，我也会甘之如饴的。"洛青鋆轻轻牵起蓝小千的手，在上面印了一个吻，"我的公主殿下，我会一直陪伴在你身边的。"

旁边还有人呢！

蓝小千有点儿不好意思地羞红了脸，偷偷抬头看着秦琪，正看见对方捂住嘴巴偷笑，立刻又把头埋了下去。

"叮咚。"

櫻花馆的门铃突然响了起来。

苏厥看了看那边的情侣四人组，认命地从沙发上站了起来，走过去开门。

"是你们？"

门外站着两个外貌几乎一模一样的男生，只不过其中一个有着健康的小麦色肌肤，另一个则苍白得好像终年不见天日一样。

蓝小千看到他们，惊呼一声："明飞镜！这就是你的弟弟明飞隐吗？"

明飞镜有点儿拘束又有点儿尴尬。之前的事情虽然他已经道过歉了，而且明家也帮櫻花馆加了许多防盗措施，但是再来到这里，他还是不自觉地生出愧疚感。

他清了清嗓子："我今天过来，是想跟你说，我拜托了家中的长辈帮忙，替你争取了圣櫻学院特招生的名额。你的理科成绩不是很棒吗，完全符合他们的标准……"

"太棒了！"听到明飞镜的话，秦琪第一个跳起来欢呼。她本来还想去拥抱一下蓝小千，可是一转身就看见洛青銮已经紧紧地把小千抱在了怀里。

"那么，我就直接陪你回宝光市吧，然后再陪着你回来。正好，我也想看看你的表姐。"

听见洛青銮的话，蓝小千的鼻子有点儿酸酸的。她撒娇地把脸颊在他的肩膀上蹭了蹭，这才抬起头："我相信表姐也一定会喜欢你的。"

"那你们也别等明天了，小千到时候还要回来，索性我们今天一起去陪她把东西搬过来吧！"

秦琪的提议得到了大家热烈的反响，就连一直冷冰冰的韩煜非也微微点了点头。

不过，在这一片热闹之中，只有一个人落寞地低下了头。

苏厥："难道我还要继续孤单寂寞下去吗……"

# 晚安 夜风相伴

每一个无眠的夜晚，世界都不曾冰冷，窗外起舞的萤火虫，街口昏黄的路灯，都可以给你温暖。
亲爱的，迷失在情感的路途里不算什么，因为你依然拥有整个世界。

## 畅销作家毕淑敏晚安短篇集

45个温情暖心故事，与你说尽世间万般情，终豁然开朗

/// 文坛大家毕淑敏常常将自己的所见所闻付诸笔端，再用故事的表现形式如抽丝剥茧般一点点流露出其对爱情、亲情、友情的感悟，本书尤其如此，年轻人阅读或有所启发。

**——搜狐读书**

/// 人的一生有如一场修行，过程中遇到的挫折、磨难无可避免，而读书则如我们修行时用来披荆斩棘的工具，越是好书，发挥的工具效用越强，毕淑敏的这本书大抵是件好工具。

**——新浪读书**

/// 来自心灵智者毕淑敏的温情独白，《晚安·夜风相伴》用暖人心扉的笔触去解读生活、品味情感，行文朴实亲切、细致入微又充满睿智的哲思，会带您体会生活的独特韵味、情感的质朴动人，找寻心灵的出口。红尘俗世中，唯有爱不可忘、不可负。

**——咪咕阅读内容总监陈晶琳**

"晚安"
系列

# 美少年天团 "告白" 来袭!

**艾可乐独家奉献 超甜蜜的校园魔幻爱情**

## 《真的喜欢你哟》

【内容简介】

琉璃学院鼎鼎大名的校花月梨奈,真实身份竟然是破产户的女儿?

老爸跑路,别墅被收走,她还意外被一名相貌"可怕"的神秘少年艾伦·梵卓南纠缠!

唯一能求助的青梅竹马司徒又是个控制狂,跟人气偶像郑南彬组成她超讨厌的"毒舌"二人组!

不管啦!哪怕沦落到住阁楼,梨奈也只想一个人安静打工找老爸!

可谁想到她被迫收留的神秘少年艾伦,竟然一夜变成绝世美少年!

花痴成群,麻烦不断,傲慢的竹马王子察觉到危机,还跑来向她表白!

艾伦醋意满天飞,宿敌大小姐李兰熙也不甘心跳出来捣乱!

什么?你看我不顺眼是因为我抢了你的意中人?可是大小姐,你的意中人到底是哪位啊?

年度心跳蜜恋特辑!艾可乐独家酿制的异类爱情即将唯美上演!

**极品校花一夜变破产千金**
**神秘冷傲的血族亲王&毒舌别扭的青梅竹马热辣出击!**

**告白语:** 月梨奈,我是真的真的喜欢你哟!

**超人气软萌少女茶茶 巨献轻氧系浪漫故事**

## 《精灵王子的时光舞步》

【内容简介】

回乡下探望爷爷的途中被古老森林里的精灵恐吓,想办舞会又听说学校阁楼里有"幽灵"出现,千寻雪这段时间遇到的怪事可真多!

千寻雪不信邪,拉着姐姐大闹阁楼,逮住"吸血鬼"少年白洛西和会说话的蝙蝠一休,还和他们一起成立了薄荷社团。

等等,为何这个老捉弄她的坏蛋白洛西靠近她时,她的心会"怦怦"地乱跳?

她还没弄明白这颗心是不是被他偷走了,观察白洛西很久的大小姐苏纱却跳出来揭穿了白洛西的身份!

一时间,千寻雪沉浸在被欺骗的愤怒中。当她怒气冲冲地想弄清楚真相时,苏纱却失去了消息,白洛西也诡异地被绑架了!

什么?他真的不是吸血鬼?他身上还带着天大的秘密?还有一个想要他性命的大仇人?

不管了,白洛西,无论你是谁,我历经万难也要找到你!

我赖上你了!

**欢快俏皮少女"赖上"古老精灵,将神秘美少年"坑蒙拐骗"抱回家!**

**告白语:** 我是属于森林的精灵,只要你在等我,我就不会消失,无论现在,还是未来。

松小果 史书级调侃+反差形人设+爆笑的剧情

# 《美型骑士团·星辰王女》

【内容简介】
"学霸"夏小鱼最大的爱好是看参考书；最喜欢的游戏就是做参考题。
可是谁来告诉她，为什么她突然得继任什么星空守护使，还要负责守护星空城的和平？这简直是在浪费她做题的时间！
还没等她反应过来，星空守护三骑士绚丽现身——
永远欺压在她头上的全校第一天才美少年安芃染说话刻薄就算了，还敢嫌弃新任守护使？
天使般的可爱"正太"樱寻狐竟然足足有三百岁，结果莫名其妙地被抓走？
拥有奇特思维的"酷炫"系不良少年息九桐暮姗姗来迟，怎么是"吃货""话唠"？
呜呜呜，为什么解除骑士魔咒的办法是星空守护使的祝福初吻？
"学霸"少女的日常生活完全混乱啦！

**甜美少女学霸变身元气星空使！三大骑士保驾护航！**
**混乱异界和星空之城的故事浪漫上演！**

告白语：去吧！去做一个星空守护使应该做的事情！我会守护你！

灵气女子七日晴 终极幻想情感力作

# 《迷迭香记忆馆》

【内容简介】
你有没有想要尘封的过去？你有没有未能圆满的憾事？
传说三界中有一家迷迭香记忆馆，馆内有一面名为"溯流"的时光之镜，凡是踏进馆中的人，都能回溯时光，重塑记忆。
少女夏云梦从一段噩梦往事里解脱，进入记忆馆帮助清冷神秘的美男馆长周稷打理事务，却见证了一段又一段与爱情、记忆有关的故事。冷淡疏离的未婚夫妻，身份隐秘的网络名人与女武替演员，失去友情的鲛人少女……
浮生有尽，唯情不止，于迷迭般的淡淡香气里，氤氲一曲三界人情百味奇谭。

**琥珀色泪珠，缠绵世间凄美的爱情故事……**
**迷迭花香，迷醉诱惑，指引你去往轮回之地！**

告白语：一想到以后的日子里没有了你，我会心碎至死。我想把对你的爱变成永恒，生死相融，永不分离。

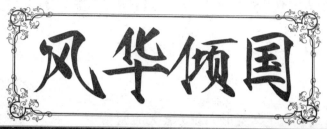

# 风华倾国

身在敌国，她步步为营，一双素手暗中掀起整个朝局的腥风血雨，只为了结一场刻骨之恨！

她算到了一切，而他的到来却成了她的意料之外！

他是名震天下的"战神"，是所有女子仰慕的对象，却独对她一见钟情。

他与她的碰撞就仿佛上天注定，命运给了他们一击而中的爱情，可当真相抽丝剥茧般揭开，才发现她与他之间竟横隔着血海深仇和数以万计的枯骨！

是冥冥中注定，还是天意弄人？

大乱之世，纷扰天下，她与他皆背负着不同的使命，可她不知，在使命之上，他只求护她一人始终！

亡国公主卧底敌国，成功上位，于危机四伏中与琉璃国帝王将相一众人等斗智斗勇，谱写了一段传奇的乱世悲歌！

堪比《芈月传》的女性励志成长
胜过《美人心计》的爱恨缠绵
**唐家小主**挑战趣味权谋
推出重磅之作《风华倾国》

**推荐指数** ★★★★★

# 学长，你又机智了

## 【现实】

- "池珺珺，实验器材都消毒了吗？"
- "池珺珺，培养液配好了吗？"
- "池珺珺……"
- "学长，求你给我一分钟喘气的时间……对了，学长，你负责抓的小白鼠呢？"
- "要不，你躺上去模拟一下？"
- "学长，你能不这么坑人吗？"
- "不能。"

## 【游戏】

- "不是说PK吗？你到哪儿了？"
- "在路上呢，大概20分钟后到达目的地。"
- "没有传送符？"
- "要1金呢！"
- [好友"傲寒天"给您发来"传送符"一张。]
- "记得你现在欠我3万金了。"
- "一张传送符3万金？你怎么不去抢啊！"
- "我现在不是在抢你吗？"
- "到底还讲不讲理了！"
- "不讲。"

**"进击的白团子"** 成名作《同学，你马甲掉了》姊妹篇《学长，你又机智了》
比玩网游的奥数冠军更"男神"的学长机智登场！

——**学长，你能不这么机智吗？**
——**不能。**

# 桃花创可贴

**男女主角套路大比拼**

当当当当!

欢迎来到甜蜜萌主·莎乐美的桃花小课堂!

有句话大家一定听过——我走过最长的路,就是你的套路!在大家喜爱的萌系小说中,到底有哪些让人一看,就会心一笑的套路呢?这次编辑特意请到我们的萌系教主莎乐美,来为大家揭秘她笔下男女主角那些令人乐不可支的奇葩"萌"点!

## 女主角篇:三大谎言,保证你也绝对说过!

①."吃完这顿我就减肥。"

代表人物:《夜樱花型少女馆》——齐布丁
怎么样?一听名字就知道,我们的女主角是一个小吃货。事实证明,吃完这一顿,还有下一顿,"吃海无涯锅做粥",这样永远都减不了肥。
发誓要把布丁培养成完美淑女的盛辰熠殿下,可要头痛啦!

②."再睡一会就起来。"

代表人物:《星光萌动朵朵开》——安小朵
白天上课睡不醒,半夜饿到爬起来翻冰箱!
当任性小公主安小朵碰上机器人般自律的美少年尹天熙,两人究竟会产生怎样的化学反应呢?

③."我很好,我没有生气。"

代表人物:《夏樱萤火恋人心》——颜鼎鼎
被偶像威胁要告上法庭,不仅委委屈屈地做了他的助手,整天被毒舌讽刺,还要卖苦力!
如此悲惨的人生,必须天天自我安慰,告诉自己不能生气!
樱花彼岸的花町深处,到底有什么呢?

## 那么多谎言……这几句是不是特别耳熟?

**仔细想想,这些谎言,我们都说过啊!吃饭睡觉是人类的天性好不好?还有生气,生气是什么,可以吃吗?**

## 男生篇：吐血争当模范男友，做到这几点才是合格的男主角！

**1.** 有颜值，身高180以上，皮肤好五官精致，会唱歌还会打球。

哈哈哈！这一项，莎乐美的男主角100%合格！没有完美，只有更完美！

不过，非要比较的话，最好的男主角永远是下一个！

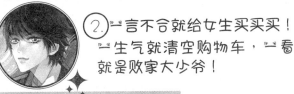

冰山美少年夏森时：天才发明家，业余漫画高手！爱好奇葩，居然养了一只胖蜥蜴当宠物，还背着它出来晒太阳！

**2.** 一言不合就给女生买买买！一生气就清空购物车，一看就是败家大少爷！

绫野佑，坐专车去上学的大少爷！对每个女生都绅士万分，彬彬有礼却保持着距离，除了我们的女主角明茶茶！

可怜的小厨娘明茶茶，就这样落入了大魔王的魔掌！等待着她的，是艰苦万分，还是甜蜜万分的命运？

**3.** 平时有点小毛病，却会在你生病时精心照顾你，这种关怀让人忍不住心动！

世界著名财团"千叶"的继承人翊千飓，似乎脑筋有点怪怪的。他一出现就要拜我们可爱的女主角艾王子为师，比小狗还听话，居然还因为她的一个玩笑就要去剃头！这……这到底是什么情况？

# 来自故宫神兽天团的
## 皇家八卦集锦

吱吱吱……

大家好，我是来自故宫神兽天团的行十，故宫博物院太和殿上的最后一位脊兽。

因为我们久居深宫，所以积累了无数的皇家八卦。

而且我们团队最近迎来了来自圆明园的新朋友——十二生肖兽首，极大地扩充了八卦来源！

我们这就来跟大家分享一下！

### 皇帝每天的起床时间
## 爆料人——凤凰

呃，作为早睡早起的好习惯代表，生物钟让我每天早上四点醒来。（拜托，我是凤凰，我不打鸣！）

然而有一个人，竟然比我起得更早，那就是皇上。原来做皇上，每天天不亮就要起床更衣了呢！皇帝都这么辛苦了，你们还有什么偷懒的理由！

### 被请客的皇上
## 爆料人——猴首

作为待不住的猴子代表……（行十：泼猴，你说谁呢！）

我在圆明园的时候喜欢乱跑，于是听我另外一个古董朋友说过八卦。它以前在一个南宋王爷的府里待过，那位王爷曾经请皇上吃饭，一顿饭，不算重复的菜，光吃各类果盘、肉干、果脯等冷食就有92道，接着各类热菜、汤类、海鲜也吃了30道，听得我口水都流了一地！

## 每天都不能按自己爱好选择衣服的皇上
# 爆料人——天马

◆◆◆

爱美之心人皆有之，就连我们这些神兽也不例外！可是，我有次在皇上的宫殿里乱逛的时候才发现，原来皇上竟然是不能按照自己的喜好选择穿衣服的。不同的节气、节日都要穿不同的固定的衣服。唉，没想到，身为皇上，竟然连选择自己今天穿什么衣服都不行呢！

## 绝对不能把饭吃完的皇家贵族！
# 爆料人——猪首

◆◆◆

再次郑重声明，不准叫我猪头！（众神兽：好的，猪头！）

身为一个吃货，我最喜欢的就是每到饭点就去围观皇家的筵席！呜呜呜，他们每顿吃的都好多啊！而且听说，他们有个特别变态的规矩，就是绝对不可以把席上的东西吃完！

浪费可耻！不过，还好达官贵人们吃过的筵席，都要赏给下人们吃，能吃到主人席上剩下来的东西还是一种很大的荣誉！

好吧，我承认，在他们吃之前我就已经在厨房偷吃过一点了！

---

### "小优趣读"系列 📖《会说话的古董》

象牙塔少女沈星月最崇拜的人是身为故宫文物修复师的叔叔。

在14岁生日这天，她收到叔叔送的"东王公西王母铜镜"仿品之后，竟无意中打开了神秘的文物世界大门。

衣袂飘飘的《清明上河图》少年张择端，在故宫"扮鬼"捉弄游客；"呆萌"的西安乾陵翁仲大叔，委屈地蹲在地上画圈圈；太和殿屋脊十大瑞兽联手欺负"故宫外来人口"，还有敦煌莫高窟里无脸飞天女传来的哀婉哭声……神秘事件一次次出现。

沈星月在解决这些事件的过程中，慢慢被家学渊源的晏晓声发现了自己的秘密。

谁来告诉她，为什么这个冷漠美少年晏晓声总是能化腐朽为神奇？

神奇少女沈星月搭档全能少年晏晓声，将带你踏上独一无二的古董文物保护之旅……

你准备好了吗？

# 男神职业大比拼, 总有一款适合你!

原创手办原型师 VS
米其林蛋糕师 VS
电视节目导演

轻氧系时尚达人 松小果 & "巧克力文学掌门人" 巧乐吱

## 打造不一样的职业男神拼拼看!

**1号男神 原型师 顾麦克**
《缪斯公主绘心殿》松小果
拥有天才一般的头脑，计算机专业出身的大神，可以非常轻松地写出各种复杂的代码。外表是个帅气的冷帅哥，私底里却是个手办控。因为挑剔严谨的性格，经常自己亲手制作手办，是个低调却在网络颇具名气的"原型师"。

**2号男神 米其林蛋糕师 韩承宇**
《初恋星光抹茶系》巧乐吱
身份神秘的私家咖啡屋"one"店主。
性格有些孤僻。明明是在国外留学，偏偏对甜点情有独钟，在米其林星级餐厅帮过厨，后来还成为米其林星级餐厅的特约监察员，吃遍了欧洲所有的甜品。明明在国外有更好的发展机会，却选择回国开了家小小的"one"咖啡屋。虽然咖啡屋主打咖啡，但是会随心情限量做甜点，可遇而不可求的优势让他的甜点迅速成了口碑最高的美食，限量的手工定制甜品让"one"名声大噪。

**3号男神 电视节目导演 徐晚乔**
《轻樱团夏日奇缘》松小果
他在所有人面前都是温润如玉的君子，如清风般让人觉得舒服，只有在青梅竹马的许轻樱面前，他才是那个有些凌乱、食量惊人甚至会说脏话的平凡男生。许轻樱的梦想是进入演艺圈，而他的梦想就是能一直陪在她身边，所以他选择了编导专业，想成为一名影视导演，在能看到她的地方一直守护着她。

男神有千万款，职业也有千万种，满足你的各种浪漫幻想，尽在松小果和巧乐吱的甜蜜新书之中!

# 1月新书上市预告

《独家甜蜜：男主大人的陷阱》　《时光与爱共沉眠》　《缪斯公主绘心殿》　《星域四万年③地底下的时空虫洞》

- ▶ 是偷心的陷阱，也是独享的甜蜜，只要你愿意，男主大人马上降临
  知识出版社

- ▶ 晚风骤起，夜幕降临，黑暗深处，时光终会与爱共沉眠
  知识出版社

- ▶ 打破次元壁的追梦罗曼史
  天津人民出版社

- ▶ 虫洞现世引来屠城之劫，修士齐聚展开护城血战
  知识出版社

《重返花样初恋》　　　《你在心上，别来无恙》　《九月樱花馆·夜光少女季》　"超速绯闻"系列之·《致闪耀的她》

- ▶ 请给自己一次怦然心动的机会
  知识出版社

- ▶ 阮淮峥，我可以亲你吗？
  万卷出版公司

- ▶ 万人期待的"猫氏"悬疑花美男小说
  天津人民出版社

- ▶ 跨物种合作，给最闪亮的你最美的梦
  知识出版社

《眉间砂》　　　　　　《忘·情》　　　　　　《雾色青铜》　　　　　《精灵王子的时光舞步》

- ▶ 世间繁华不敌你眉间朱砂
  天津人民出版社

- ▶ 我愿陪你纵火焚神，也愿陪你重生成魔
  天津人民出版社

- ▶ 爱是倾其所有，唯愿深情不负
  天津人民出版社

- ▶ 重逢错过的时光故事
  天津人民出版社

《请用科学的方法心动》　《守护甜心，羁绊之结》　《美型骑士团·星辰王女》《晴天娃娃吉祥雨：彼此的唯一》

- ▶ 在异界被迫当成学霸，顺带收服男神，日子简直炫酷
  天津人民出版社

- ▶ 假戏真做，保镖变女友
  知识出版社

- ▶ 学霸少女接任星光女王，由帅骑士护卫
  天津人民出版社

- ▶ 真正的勇敢并非凄美地放手，而是十指紧扣着说："死也不会放开你！"
  知识出版社